Harumi's History

本橋はるみ
MOTOHASHI Harumi

文芸社

はるみが生きた日々
忙しく過ごしてきた
四季折々、庭に咲く花が
心を癒してくれる
枝の実を鳥がついばんでいく
風が飛ばした種は
大木となり枝葉を広げる
一期一会で知り合った知人達は多く
お付き合いも長い
「元気だった」と声をかけ
「また、元気で逢いましょう」と微笑み返す
あの頃、お互いを気遣い合った笑顔は
今も優しい……

昭和三十八年、晩夏。

高校三年生のはるみは、文芸部長として秋の文化祭の催しについて部員と話し合ったが、よい意見は出なかった。

暑い夏、文豪森鴎外の墓参りで寺を回ったが、まじめな文芸部です！　ただそれだけ！

「それでいいです」と冷ややかな答えが返ってくる。

文芸部の先生と話しても進展はない。数日、思い倦《あぐ》んで、電話帳を捲っていると、作家幸田文氏の名前が目に留まった。電話のダイヤルを回した、呼び出し音が鳴る。

受話器を置こうとした時、「もしもし」と小さな女性の声が返ってきた。思いがけない応答に驚き、受話器を持ち替え、一気にはるみは話しだした。

「夜分に大変申し訳ありません。山本はるみと申します。高校生最後の文化祭に、先生のインタビューをお願いできないかと、電話をかけさせていただきました」

数分間、先生からの返答はない。そして電話口からやさしい言葉が返ってきた。

「ごめんなさい、今、風邪で臥せっておりまして」と聞き、はるみは慌てた。当時、家庭では電話機は玄関の靴箱の上に置かれているはず。病気の先生は上着を肩に羽織り、暗い廊下を小走りで来て電話に出てくれたのだろうと思い、申し訳ない思いが胸に刺さった。

「すみませんでした」

と受話器に頭を下げ、電話を切ろうとすると、

「元気だったら、高校生の方だからお話ししたかったんだけど、ごめんなさいね」

とゆったり語りかける優しい響きが、半世紀以上の時を経ても、今なお、はるみの耳の奥に残っている。


数日後、どうしても、母と話をしなければならないと切羽詰まった思いで、東京都北区田端で紳士服店を経営している母に会うために埼玉市の自宅から店に向かった。

幸田文氏に電話をかけたことは、家族の誰にも話していなかった。母の芳子に話をすると驚きの表情を露わにして、はるみの顔を呆気に取られ見ているだけ。

「そして、平林たい子さん、寺山修司さんも、石坂洋次郎さんの奥様が自宅に来てもいい

と言われたので部員を連れていくことになり、田園調布まで行くので、交通費がいるの」

さらりと娘の口から矢継ぎ早に飛び出す小説家の名前！　寝耳に水！

事はもっと重大な話かもしれないが、芳子はすぐに話の内容が理解できず、はるみの顔を直視したまま身体中の血が引き、だんだん顔面蒼白になり、やっと立っている状態で言葉が出てこない。

「この娘は何を言っているの」と問うているのだろうが、店が休日の時、こんな展開になるなんて予想だにしないで、電話のダイヤルを回した結果で一番驚いたのは私なのよと思ったが言葉にせず続けた。

「学校で昼食時になると、外のパン屋に行くふりをして、学校近くの商店街を三周して教室に戻ってるの」

芳子はまだ喋れない状態だったが続けた。

「どうしても文化祭を成功させたいの。だからお願い！　交通費がいるの」

はるみは必死で懇願した。お腹がすくのは仕方がないと我慢するが、部員を連れていくことを計画してしまい、先に進めることだけしか頭にないはるみ。

国鉄の街、田端駅、田端機関区・尾久機関区、広大な操車場、貨物車が各地から集まってくる。

国鉄指定の山本紳士服店。

夜勤乗務員が点呼を終えて乗務するまでの待ち時間、お茶を飲みに寄るため、夜遅くまで店は開いていた。

小学生の時、姉に連れられはるみと弟は、田端駅からこの長い橋を渡って店に向かおうとして、黒い蒸気機関車の洗礼を受けた。灰色の煙？　蒸気を浴び、唯一のはるみのよそ行きのワンピースは煤まみれで泣いてしまったが、弟は煤を顔に浴びて喜んでいたことを思い出す。

夕方になると、仕事を終えた乗務員は帰りに二軒先の酒屋でコップ酒を呷り、疲れを癒すために山本洋服店に寄る。ズボン（パンツ）を脱ぎ姉に渡す。家族の話、田植えの話、稲刈りの話をしながら、すり切れたズボンの裾が直されるのを待つ。

小一時間ほど、酔いの回った身体を休めながら、「おかげでまた、このズボンはけるよ」と、おいしそうにお茶を飲む。「暮れのボーナスでズボン買うからね」と言って、襟を立てて家族の待つ地方の自宅へと帰っていく。

上野駅から悲喜交々の事情を抱えた乗客の命と時刻を守る。電気機関車の運転に誇りを持ち、律儀な乗務員。秋になると笑顔で来店する。国労、動労の組合の面々もお茶を飲みに立ち寄る。晴れた日の夕暮れの歩道に丸椅子が並ぶ。会社の勤務を終えたさまざまな職種のおじさん達が、和やかに話している。憩いのオープン茶屋となる。

当然、夜十一時頃まで店の明かりは消えない。

人のいい？　おばさんは最終電車に乗れず……店で仮眠する。

芳子は埼玉の自宅には、一カ月に一度しか帰ってこない。高校に入学して以来、この店に来たのは数回、北海道への修学旅行代金の納期が迫った時と、小説家の先生宅に電話をかけた時。数年ぶりの母と娘の会話だった。

生活費は茶箪笥の引き出しに入れられていた。はるみは学校から帰ると買物して弟の食事を作らねばならず、自由に使える小遣いは微々たるものだった。

ましてて、お金の話は言えなかったが、高校生最後の文化祭を成功させたいと真剣に話すので、芳子はやっと了承せざるを得なくなり、はるみは何年間か振りかの笑顔を母に見せた。

二人の兄達は、アルバイトをして大学を卒業した。次男の英雄は早稲田大学を卒業後、ブラジルへ移住するために、カメラを購入した。はるみの話を聞いた英雄が「このカメラを貸してあげる」とカメラの使い方を教えてくれたのだが、プロレタリア文学者平林たい子氏の自宅で撮った写真は、フィルムが回らず何も写っていなかった。

作家寺山修司氏宅に電話をかけると、「いいよ、いらっしゃい」と、やや高い男性の声で応答があり、自宅までの道順を細かく説明してくれて、「すぐわかるよ！　白い建売住宅だから」と付け加えられた。

作家の先生とは、気難しい人だと思っていたはるみは、あまりにもフレンドリーな快諾の返事に驚いたがうれしかった。

五人の部員をつれ、意気揚々と井の頭線西永福駅を降りて、十五分ほど歩くと、新婚さんが憧れる白亜の二階建ての住宅が、畑の向こう側に見えた。建物は二棟並んで建てられていたが、何故か、奥の一棟の玄関ドアは開けられている。

恐る恐る玄関の前で声をかけると、奥のほうから電話で聞いた男性の声がした。

「座るところがないなぁ」と少し間があり、「ここに座ったら」と引き戸が開けられた。

なんと……ベッドルームだ。

外から招き入れられ、目が慣れないはるみ達に、姿見えぬ主が「そこ」と指さした場所は、白いダブルベッドの上。

はるみも部員達も初めて目にするフランス製の分厚い大きなベッド！　一瞬たじろいだ部員達を促して座って顔をあげて前を見ると、

「セーラー服の高校生か、いい眺めだなぁ」

開かれた隣室に座っている数人の男性たちの笑い声。煙草をふかしながら、視線は高校生に注目。

「どうしよう……見られている」

はるみも部員も赤面して身体が固まっていく。

ベッドの奥のほうから、

「いや！　雑誌の打ち合わせ中でねぇ……座るところがなくて申し訳ない……ところでなんの話が聞きたいの？」

と優しい言葉をかけてくれた寺山氏。

通学する電車の中で、一夜漬けで読んだ詩集のタイトルさえ浮かんでこない。

隣室にこもる煙草の白い煙以上に頭の中が真っ白になり、なおのこと言葉が出てこない。

浅く腰かけているダブルベッドのふわぁっとした感触が追い打ちをかける。

初めてづくしの気持ちでは落ち着くわけはない。

膝の上に置いたカメラをぎゅっと握り、「写真を撮らせてください」と小さな声で言えた。左斜め後ろにいるはずの声の主に、立ち上がってカメラを構えて見直した先に、大きなデスクに座っている寺山氏。

横に優しい笑顔の女性が立っている。女優、九条映子さん……。

優しい新妻の笑顔にほっとして、はるみの顔もなんとなく和らいだ。

ふっと小さく深呼吸して、気持ちを整えカメラを構えた。素人インタビュアーの高校生の雰囲気を察して、笑顔で写真撮影に快く応じてくれたお二人に会釈して座った。

部屋に漂う煙草の煙も薄くなり、これ以上、仕事の邪魔をしてはいけないと脳裏をよぎった。それよりも、部長としての対応の仕方をどうしてよいか焦るはるみは、歯痒い思いが募るのみ、早く退散しなければと玄関へ急ぐ。

靴をはこうとした時、背後から寺山氏の声が。

「文化祭ならば、これを持っていけば……」

詩集『青い空』の本を手渡された。

「サインしてあるから……また、いらっしゃい」

とも付け加えられた。

謝礼は〝赤いバラの花一輪〟。

白いフランス製のベッドの上に置いてきた。

数年後。

〝時には母のない子のように〟街に流れる曲を耳にすると思い出す。

マスメディアで活躍し、多岐にわたる分野で、あの時代の若者の心を掴んだ寺山氏。

今もファンが多いと何十年後にはるみは知るのだが、短い人生を駆け抜けて逝った男性、「また、いつでもいらっしゃい……」と言ってくれた。

もう一度、お会いして話をしたかった。

兄貴のような寺山氏の優しい笑顔が、六十年以上の時を超えてもはるみの心に深く残っている。

作家、石坂洋次郎氏宅に電話をかけると、「いらっしゃい」と、奥様の華やいだ声が返ってきた。早速、三人の部員とともに田園調布の邸宅へ。

〝赤いバラの花一輪〟を持っていく。

明るく大らかな奥様は私達の顔を見るなり、

「主人は、今、軽井沢の別荘に行っているのよ」

と、言いかけて、首をかしげて続けた。

「そう文化祭だったわね！　何かないかしら……」

と言いながら、薄暗い奥の室へと行ってしまった。ほどなく足音がして、スチール製の写真パネルを手に戻ってきた。

俳優、石原裕次郎氏と女優、芦川いづみ氏が、爽やかな笑顔で写っている。

「〝陽のあたる坂道〟の宣伝用の写真よ。文化祭で飾ったら、いいでしょう。でも、このスチール写真は文化祭が終わったら、必ず返してね」

と言いながら、また奥に行き、紙袋を持ってきたが、はるみの手元を見て、

「あら、写真機持ってきたの！　じゃあ、それ預かるわ、軽井沢で誰かに撮らせるわ」

と有無も言わせぬ、小気味よい奥様のペース……。

「こんにちは」としか言葉を発していない部員達も、唖然として事の成り行きをじぃーっと縁側の外で立って見守るだけ、二者択一を選ぶ猶予すら与えようとも考えない奥様のペース。とっさの判断を求められたはるみは、奥様が手にしているスチール写真をちらっと見て、奥様にカメラを差し出した。

「よろしくお願いいたします」と頭を下げた。

「失礼します。必ずスチール写真はお返しに来ます」

三言しか話をしない訪問を終えた。庭から門へと続くコスモスの花が、茜色に染まって、数色違った色合いで咲いている。

〝それでいいのよ〟と言っているかのごとく、秋風に揺れていた。

帰宅したはるみの話を聞くと、家族は驚き、険しい言葉が返ってきた。

どうしてカメラを渡してきたの……次兄の英雄がブラジル移住のためにブラジル丸が横

浜から出航する日が近いのに、軽率な行動だと責められ、家族中から冷ややかな目が向けられ、肩身の狭い日々を過ごし、誰からも言葉をかけられず、早めに布団にもぐり込んだ。

きっと、連絡は奥様から来ると思うが、不安は募る。

人の善意を信用しなさいとの電話が、奥様から届けられた。

爽やかな気持ちで石坂邸へ。〝現像した白黒の写真〟

文豪、石坂洋次郎氏の偉大な奥様の指令によって、プロカメラマンが撮った写真！

石坂洋次郎氏を囲み、俳優、石原裕次郎氏と女優、芦川いづみ氏が和やかな雰囲気の中で微笑んでいた。

秋の文化祭でひときわ目立った展示品は、寺山修司氏の詩集『青い空』、石坂洋次郎氏からお借りした写真パネルがテーブルの上に置かれ輝いていた。

現像した白黒の写真を見て、文芸部担当の先生は驚きを顔一面に見せ聞いた。

「本当にお前達は行ったのか」と呆然として何度も確認する。

「はい本当です」と部員一同誇らしげに答えた。

文芸部一同階段を駆け下り、親指を立てて笑いながら、人生で初めての爽快感を体験することとなった。

〝セーラー服の高校生大作戦！　大成功〟

はるみは二階の展示室を出ると一気に階段を駆け下り、一階の教室へ向かった。

コーラス部にも入っていたので、催しとしてこの時代、流行りだした歌声喫茶室へ……。最高の気分で歌った。長姉も家族も笑顔！　誘った友人も手拍子で参加。歌うことが大好きなはるみ！　大宮公園、盆栽村、卒業した大宮中学校の周りを自転車で走りながら歌っていた。

コーラス部の顧問の先生が生徒を連れ、上野の文化会館で〝ハレルヤ〟と高校生合唱に参加させてくれた。

セーラー服の高校生、青春の真っ最中、女性になる階段を〝ハレルヤ〟と歌いながら駆け抜けていった。

証として、石坂洋次郎氏の奥様から軽井沢の別荘にいたプロ写真家がシャッターを押すように依頼され、残された白黒の数枚のフィルムが半世紀以上の月日を経て、２０１０年、「この写真は私が撮ったものではありません」と断り文を記載したフォト&エッセイ集『ＡＵＲＯＲＡ　ＩＮ　ＮＹ』を自費出版し、都立病院に入院されている患者の方に見てほしいとの願いを石原東京都知事へのメッセージに添え、百冊送った。真実が火種となり、展開される物語です。

高校を卒業すると、経営は決していいとは思われない紳士服店を手伝うこととなった。はるみには希望《ゆめ》があった。次兄の英雄がブラジルに移住している。日本人形作りを習得しているはるみは、ブラジルに行き日本の文化を伝えようと思っていた。

表千家のお茶、お花、習字の習い事で、月二回の休みは終わる。

そして、はるみが抱いていた希望も終わる。次女の姉が公認会計士の資格を取得した恋人と結婚することとなり、母はご満悦で無理をする。貯金していたはずのはるみの通帳からお金が下ろされていた。自動車の免許を取得した。はるみの愛車は白いスバルサンバー。スバルサンバーのアクセル音は一音周知？　山本洋服店の娘のご帰還だと近所に知れ渡る。

東京駅の国鉄（現在のＪＲ）本社に行く前に、本郷根津町にあるネーム屋に寄る。スバルサンバーは快適に走る。帰りには、駒込駅近くの六義園、上中里駅近くの旧古河庭園、母親からの束縛の鎖を外す憩いの場所へ急ぐ。寄り道は何より楽しみ。バラの花が咲く頃、写真の専門学校へ通う中学校の同級生から頼まれて、無料モデルとなり、何度か旧古河庭園に行っていた。

ウィークデイの午後は、来園する人も少ないので、雑木林が続く急斜面の坂を歩きながら歌を唄う。そして、路上駐車をしているスバルサンバーを発進！　赤羽へ……お客様の洋服の直しをしてくれる米田さんに持っていく。帰ると夕食の支度を急いでして、狭い店の片隅で母と食事を済ませた。ボーナス時期の前になると、大塚駅近くの国鉄独身寮のマンションに行く。数十着の洋服を展示して、夜の仕事が始まるのだが、国鉄職員の独身男性の帰宅時間は仕事柄、定まることはないため、当然、はるみの帰宅時間は夜十一時を回る。田端駅と上中里駅の中間くらいの高台の住宅地に引っ越してきたばかりの若き娘が、夜のご帰還だと寝静まった町にスバルサンバー独特の車音が知れ渡る。

田端操車場は、日本各地へと貨物車、コンテナ車を仕分けして、線路へと誘導する場所。大きな風呂敷に背広を数着入れ、肩に担ぎ、指さし確認。右と左、次から次へと貨車が仕分けされ、流れてくる。機敏性のある判断力が要求される、命がけの線路渡りだ。夕方、作業の終わった時間になる頃を見計らって、止まっている黒い貨物車の間を歩く。

男性だけの職場に行くため、スカートは厳禁！　はるみのユニフォームはスキーパンツ。線路に足を取られ、転んで怪我をして声を上げても、誰にも届かない操車場。

その広大な操車場に、小さな三畳ほどの風呂場が設置されている小屋があり、仕事が終わると数十人いる誘導係の老若男性の長老から先に風呂場から出てくる。湯上がり姿は色あせたタオルで前をおさえ、ニヤニヤ笑いながら二十代の若者が風呂から出てズボンの試着をするのを待っている。はるみの脇をわざと通り過ぎていく。

そこではるみは、苦肉の策を考えた。入浴の順番を待つ若い貨車の誘導係の手を、色あせた木製の机の上に広げさせて、手相を見ることにした。もちろん、手相学を勉強したことはないのだが、それがよく当たる。効果覿面！〝見たくない者には下を向く〟ズボンを穿いた中年男性は通り過ぎていく。「クスッ」と笑っては駄目！

いつかお客様となり、店に来てくれるかわからないのだ。

夕陽に照る栗毛の長い髪をポニーテールに結い上げ、スキーパンツを穿き、停車した黒い貨物車の間のレールを軽やかに跨《また》ぎ小屋へと歩いてくる、山本洋服店の娘のニックネームは、大きな風呂敷袋を肩に背負った〝スカラカチャン〟。中年の国鉄員は、テレビで見た、オリンピックで活躍して七個の金メダルを取ったチェコスロバキアの体操選手！〝ベラ・チャスラフスカ〟とうまく言えず、「スカラカチャンが来たぞ」と小さな小屋に招き入れ、老若男性だけの職場の笑いを取り、無事に終えたきつい仕事の緊張の糸を解く。

ＪＲ山手線が走る田端駅と上中里駅の間は、高い崖となっている。縄文時代、中里遺跡が存在していた。現在、東北新幹線が南北に走り、元操車場のイメージは線路と共に大地に消えた。

大塚の独身寮に洋服の販売を終え、はるみの住む高台に建つ自宅へ帰る途中に、スバルサンバーのエンジンを切り車の外へと降りた。

操車場が一望できる高台の一角、時刻は夜中の十二時を回っているだろう。

どんよりとした雲が東京を覆い、広い操車場に雪が積もる。数千のカンテラが線路の脇に等間隔に並べられ、火が灯されている。

人力による作業は線路の凍結のため用意されていたのだろう。

小雪だったのにみるみるうちに大粒のボタン雪となり、顔を打ちつける。

何故か心地いい！

漆黒の闇夜だったはずなのに目の前は幽玄の白い夜景となり、雄大に下町へと広がり、遠く東京湾へと続く。ゆらゆら揺れるカンテラの小さな灯は心に宿り、希望の希みは消えても望みは残るのよと、心の内なる言葉が語りかける！

言葉なく、何故か涙が自然に頬を伝う。

このまま、私の二十代は終わっていくのだろうか？

ただ唯一、確かな真実、戦乱の中国から兄弟姉妹そして赤子の私をおぶってこの日本に帰ってくれた母、そして今の私はここに立っている。

雪は現実を一時覆い隠し、これから歩くべき足跡を未来として限りなく広がる雪空へと解き放つ。

気がつくと、寒風がはるみの身体にまとわり、癒してくれる。

冷えきった身体を温めようと布団に入ったが、先ほどの情景が思い出され、目を閉じても眠れるわけではないが、微睡《まどろ》む意識は夢を呼び覚ます。

中国から引き揚げ、父は帰国していない家族は父の実家、愛媛県・松山市に住んでいた。借家にはお風呂がなかったので、行商から母が帰ってくると本家に行く。

総勢、六人の入浴。ゆっくり湯につかることはない。〝まだ入っているのか〟と気が短い叔父さんの咳払いが聞こえると、兄達は風呂場から飛び出る。

祖母は孫達の生活状況を知っているので、裏口でエプロンの中に薩摩芋や馬鈴薯を忍ばせ、そっとポケットに入れてくれる。

喜んであぜ道をスキップしながら一列に歩く。誰からともなく歌声は流れる。

〝お手々つないでみな帰ろう〟

ポトリ、ポトとほつれたポケットから落ちるお芋さん。繕う暇もないお母さん。

春になったら、あぜ道にたくさんのお芋さんが生まれるだろう。

夕日が真っ赤に染めゆく、広大な田んぼの中、細いあぜ道を帰る母と子の影絵！

春になると、子供五人のおやつは三十センチくらいにのびたつくし。丘を下る土手に、あっちにもこっちにも顔を出すつくし。ザル一杯取ってきたつくしは、袴を一本、一本はがした。指の爪に土がめり込んで手を洗っても残るが、醤油と砂糖を入れた鍋から香ばしい匂いが漂う。あっという間に鍋の底でぐつぐつと煮え、五人の子供の目は集中して、一・二・三であっけなくなくなったつくし……。

鍋の底に人差し指を入れて口に入れると、ジョリと口の中で音がするが、あわてて飲み込んだ。

つくしを煮るための砂糖は貴重なもの。爪の中の土もいつの間にかなくなり、鍋の中を洗う前にきれい？　になった。

つくしではお腹一杯にはならないので、兄が丸い缶を持ってくると兄弟達は縁側に座る。そして五歳のはるみの指ほどの煮干しをかじる。煮干しの銀色の皮が陽に照らされ舞う。頭とシッポの部分をポイと投げると、雀が競ってついばむ！

のどかな慣習は、自然に育ち盛りの子供達の身体の元となった。

次兄の英雄が桃畑の桃を食べてしまい、近所の農家の主から苦情があり、玄関で芳子はただ頭を下げていた。叱られても懲りないわんぱく坊主の英雄のお腹の虫！

ある日はるみに手招きして、人差し指を口の上に当て、ときどき振り返りながら黙って裏山を駆け上がる。みかん畑の木の間を器用にすり抜け立ち止まった。オレンジ色のみかんがたわわに実り、枝はしなり揺れている。

「見てみろ」と指差す先はみかんの木ばかり。短いゴム付きスカートの下の足は、ところどころに血がにじみ痛い。立ち止まり、遠く小高い山へ目を懲らすと松山城の天守閣が遥か彼方に見える。

後ろを振り返ると、英雄が腰を下ろした四方八方、無数のみかんの皮が散乱し、人懐っこい笑顔で言った。

「ここなら誰も上ってこないから座れよ」と腹一杯、みかんを食べご満悦！

みかん畑の丘より高い、お山の大将、英雄十歳の時のこと。

大学を出て、ブラジル丸でブラジルに行き会社員となったが、その後、アメリカ・ロスアンジェルスに移住した。土地を買った日本から来た英雄《ヒーロー》の夢は、白人と黒人が一緒に遊べる公園！

だが、あえなく友人に騙され土地を失い夢も消えたが、ロスアンジェルス郊外の日本好きのアメリカ人から土地を借りた。四季折々、日本のユズ、カボスがたわわに実をつける。

数十年後、父親がアメリカに来てくれてよかったと話す。目の前に座っている兄は父親によく似ている。血の繋がりは切ることはできないが、はるみは父に数十年会ったこともなかった。子連れ女性と不倫して、実の子供六人を捨てた父。

人伝に父節雄が死んだと聞かされても、優しい父親の顔を見た記憶がなかったので松山市のお墓に埋葬された父に会うのをやめた。

幼き頃から芳子の苦労を見ていたので、子を持つ母親となり、父親の存在のあり方も考えたが、母への配慮だったかもしれない。

松山で凛として頭に残る想い出は、長女あけみが話してくれた真実！

上海から引き揚げ、松山市に来て間もなく、愛媛大学教育学部附属小学校に長兄と通学していて、理不尽な真実を目の当たりにした。

八月六日、対岸の広島に落とされた、天に向かって立ち上る大きな〝きのこ雲〟。一瞬にして奪われた多くの犠牲の中には、普通に暮らす家族、そして未来を断たれた子供達。熱い夏の鎮魂！　鐘楼の音を聞くと想い出す。その時十一歳だったあけみの頭に鮮明に刻まれた〝きのこ雲〟。戦争を知らない私にとって写真で見た時、東京が焼け野原と化した惨状に言葉なく合掌した。下町から東京湾へと逃げ惑う人々の無念に対して。

はるみが二十歳を過ぎた頃、仕事を終えて、夕方店に戻り、座ると小さな卓袱台の上に無造作に置かれている数枚の写真を見つけ、めくる手が止まった。

ＪＲ山手線・巣鴨駅から数十分くらい歩くと、母芳子の菩提寺である盛雲寺はあった。二カ月前くらいに母方の親戚が集まり法要が行われた日に墓参りに来た身内の者が撮った写真の中の一枚だった。

はるみは母に聞いた。

「もしかして亡くなったおばあ様はパーマをかけていた？」

流しで皿を洗っていた芳子は、突然に言い出したはるみの言葉に手が止まり、あわてて水道の蛇口を止めたはずだが、ポトポトと水音がする。今まで見たことのない形相で後ろを振り返り、鋭い眼差しではるみを睨んだ。

「なんで、あんたが知っているの」と言う声が震えだした。

睨まれて一瞬戸惑いを感じたがはるみは続けた。

「だってここに写っているの、こちらはおじい様」と聞こうとすると、はるみの手からその写真をもぎ取り、写真をじっと凝視したまま芳子はがくっと座り込んで黙ってしまった。

中国・上海から命からがら引き揚げてきた時には、東京大空襲で巣鴨の実家は焼け野原となり、何もかも焼かれ、写真もないはず！

まして両親が二人揃った写真は、芳子の記憶にもないが、まさに墓石に刻まれているのは、亡き父と母の顔。上海から一人で子供五人を連れて引き揚げてきて、落ち着いたのは四国の松山市、はるみの父・節雄の実家に住んでいた。

数カ月後、芳子の姉が大津市から駆けつけた時、芳子の父は昭和十八年、母は昭和二十年に亡くなり、巣鴨の成雲寺に埋葬したと話していたはず。

芳子の頭の中は錯乱して、写真を正視できない。当然のことだと思う。

黄泉の天上から、〝皆、無事に日本に帰ってきてよかったね〟と語りかけるかのような、明治生まれの両親のメッセージが届けられると、冷静に受け止められる人間はいないと思うが、はるみは何気なく見た写真を何度も見直した。

母から以前聞いていていた、祖母は紳士服店のハイカラ奥さん！　色白でパーマをかけていたのだろう。

祖父は着物を着ていた明治の男性。映画で出てくる幽霊の姿ではないから聞いたのだが、現実ではありえない写真を見つけてしまった。

はるみは、家族の中では疎まれる存在となったように感じられた。

兄弟、姉達もその写真を見ていたが、誰もがその写真の話は避け、口に出すことはなかった。

数カ月後、大宮の自宅に帰宅した長兄幹雄がはるみに伝えた。

「あの墓石は、大正時代に文京区湯島で、親戚の山川の伯父さんが、『豊国楼』という屋号で牛鍋屋の店を出して、その後、関東大震災のあと屋号を変え『豊国屋』となり、戦争で食材が入らなくなって店を閉めるため、門柱の一本を巣鴨の寺、母芳子所有の墓石にしたんだ。でも今度、新しい墓石に取り替えたよ」

と話した。その話を聞いたはるみは淡々と、「ああ、そうなんだ」とだけ言って終わっ

たことと想ったが、はるみの心の片隅に（摩訶不思議な写真）は

墓参りで成雲寺を訪れた時、ふっと脳裏をよぎる。

何故？　祖父は昭和十八年、祖母は昭和二十年に亡くなった。はるみは昭和十九年に中国・上海で生まれている。まして、親戚の山川家の墓は、池上本門寺にある。だのに何故？　祖父と祖母が死んだ年月はそれぞれ違うのに、芳子の旧姓岩間家の巣鴨にある成雲寺の墓石に乗り移ったのだろうか。

お清めの水を墓石にかける時、ふっと想う、非現実的な真実を知りたいと！

誰にも話すことはなかったが、その後のはるみの人生で異空間を超えて一瞬にして頭をよぎる〝六感〟は、はるみの日常生活の何気ない出来事の中に姿を見せる。好きとか嫌いとか思う人ではない。「予知能力」というほど、たいそうなことではないのだが、あの人はどうしているだろうかと、一週間から十日を過ぎると、その人は目の前に現れる。

結婚してからも「元気だった」と声をかけると、「私、入院して手術したの！　どうして」と知人は応える。

「よかった、会えて」と笑顔を交わす。

年に数回、感性が強いはるみの前に小さな出来事が訪れる。

母芳子の実家を辿ると、先祖は水戸藩の武士、岩間家！

東京に出てきて、本郷に居を構える親戚も多い。芳子の大伯父は、水戸から東京に出てきて、三日三晩、橋の下で考えた。

〝これからなんの仕事がいいか〟と。

食べ物屋がいいだろうと思い、明治時代、東京大学の近くに店を出した。

「豊国楼」という牛鍋屋を始めた。地方から上京する苦学生が東京大学では多い。

その頃、牛肉は普通の家庭で食することが少なく、価格も安かったのだろう。

腹一杯食べて勉学に励んで欲しいと願っていたかどうかはわからないが、日本の未来を支える偉い人になって欲しいとも大伯父は思ったのだろう。

親戚中が認める温厚な料理人となった大伯父は、自慢の人格者だったようだ。

牛鍋をつっつきながら政治を語り、未来の日本を夢見て卒業した偉い人は数多い。

庭園は広く四季折々の花が咲く。この店の入口に建立された石碑は身の丈二メートルくらいのあの墓石となるとも知らず、多くの客人を見てきた。

秋の気配漂う十月二十七日。客人二人が「豊国楼」の暖簾《のれん》をくぐった。

俳人正岡子規が、同級生の文豪夏目漱石を誘ったと文献に書かれているので引用をお許し願いたい。

酒を呷り、鍋をつっつきながら、何を語ったのだろう。この日、東京大学に中退届を提出してきた正岡子規への送別？　友との別れ会だったのだろうか。

正岡子規は、ふっと障子を開けてみた。はらはら舞う紅葉した木の葉。

〝一日秋をわすれけり〟と一句。

三寒四温、自然の恵みを季節が運んでくる。日本人の心のあり様を感じたままに詠んだのだろうか。

偉大な俳人の心情は、凡人の私には到底推し量ることはできないと思うが。

正岡子規はその後、結核で三十代半ばで歿した。

この小説の初めに書いた、はるみが高校時代、数人の生徒と墓参りしてきた三鷹にある禅林寺。

文豪森鷗外の小説、『雁』の中に一行記載されている「豊国屋」へ食事に行こう。

明治・大正・昭和の激動期、のちの偉人達が訪れた「牛鍋屋」にまつわる本当の話。

ありえない写真を見つけたはるみは、仕事を終えてスバルサンバーから降りようとすると、ふっと頭をよぎる。数年前に来たお客様、ガラス戸を開けると名前も知らないそのお客様が座って、お茶を飲みながら母と話をしていた。

「今度、息子が結婚をすることになり、前におばさんに話していた花婿の父が着る礼服を買いに来たよ」と。初めは偶然のことだと思っていたが、どうやら不思議な風の便りは年に数回、はるみの耳元でささやく。

〝あの人が店にやってくるよ〟と。

気仙沼漁港から大島への連絡船の太ー坊船長。長身で日本人離れした容姿のタフガイ。

テレビのコマーシャルに出て詩集を出していた。風来坊のように突然、店にやってくる。

数年後、太ー坊船長と姉が店の前で話していた。

「ラビアンローズ、愛する女と結婚する」と話し、「私もラビアンローズ、結婚するわ」と満面の笑みで嬉しそうに話していた。

「おめでとう」と太ー坊船長と挨拶を交わし、スバルサンバーに乗り走りだした。

ブラジル行きの夢を諦めたはるみに、未来はほど遠い。

スバルサンバーの馬力では、勢いよくエンジンをふかさなければ、この坂は登れない。

広大な操車場を横に見て、JR上中里駅の坂を登る。

高校生の夏、中学生の弟則之と夜行列車で初めて気仙沼へ行った。蒸気機関車は山合い深い森を抜け走るだけ。白いワンピースは煤けて灰色となった。

その十年後、チリ津波から復興した気仙沼港は巨大だった。どんな大きな津波がきても大丈夫と話す太ー坊船長。結婚したはるみの家族も寝台特急で気仙沼へ行った事がある。

彫金アクセサリーで有名な酒井公男氏は、太ー坊船長の義兄。東京芸術大学関係の人々と、夏になると気仙沼に行っていたようだ。

リアス式海岸のプルシアンブルーの海を望む気仙沼湾空高く、太ー坊船長は長い航海へ旅立った。

結婚して数十年後、偶然、我が家の近所に住むインテリアデザイナーの自宅に気仙沼市長が訪れて、気仙沼の話で盛り上がった。その十年後、自然の脅威、東日本大震災の津波が、多くの犠牲者と風景を引きさらった事実を、太ー坊船長は知る由もない。

大塚駅近くの事務所で各週に一日習字を習っていたので、JR大塚駅へ行くために山手線田端駅のホームで電車を待っていたが、電車がホームで停止する間際に、何故かはるみは歩きだして車輌を変えた。

ドアが開き、降りようとしている男性二人。一人は名前も知っている。店にたまに来る佐藤さん。「あら、こんにちは」と軽く会釈して、入れ違って電車に乗った。

もう一人の男性はまだお店に来たことがない。未来のはるみの夫となった本橋武典！

JR田端駅を降り、職場の田端機関区へ向かう時、武典は歩きながら先輩乗務員の佐藤さんにたずねた。

「あの女性《ひと》は」と。

「ああ、本さんは知らなかったんだ。ほら、そこの角にある山本洋服店の下の娘さんだよ」と言われたが、姉妹がいることも知らない。武典の通勤する道は跨線橋を渡り、坂を下り、左側にあるJR構内の道を通っていたので、山本洋服店の存在すら知らなかった。

上の娘は店でズボン《パンツ》の直しをしているので、店に来る客の中では人気者だったが、外回りに出て店にいることが少ないはるみのことは、名前すら知らない人が多い。

昭和三十、四十年代。

若い男女が出逢う機会は少ない。お見合いで交際して結婚することが多い。

武典は真面目で上司・先輩・後輩からも信頼を受けていた。鉄道大好き人間が、山手線田端駅を偶然降りた日、前にめぐり逢ったはるみ。当然、名前を知らない洋服店の娘にひと目惚れしたが、数カ月以上はるみの名前を知らないままだった。

「縁は異なもの」と言われるが、結婚はしないで凛として生きると決めたはるみ。

武典の秘めた片思いを知らない。

はるみ自身、今、想い返しても。

何故、ホームに入ってくる山手線に向かって、あえて車輌を変えようと歩きだしたのだろう。電車のドアの前で足が止まり、未来の夫となる武典が降りてきたのだろうかと思う。

小さな洋服店の売り上げは上昇する。

スバルサンバーを駐車している店の前の定位置には、黒塗りの高級車日産セドリックが止められていた。

店の中に入ると、満面の笑みで話をしている母。

年に一度か二度ある注文服を作ってくれたお客様！

現金で洋服代を支払ってくれた上得意客、田端機関区に勤める機関助手の乗務員。

本橋武典！　が振り返り、あわてて笑みを浮かべはるみに話しだした。

「この間、来た時、お母さんが、子供が成長すると出かけて寂しいものよと話していたので、伊豆のパンフレットを持ってきたのですが、運転手がもう一人いたほうがいいので、一緒に行きませんか」と、大きな瞳ははにかみながら、はるみの顔を直視して一気に聞いてきた。

外回りの仕事で忙しいはるみは、本橋武典に逢うのは二度目で、ゆっくり話したことはなかったはずなのに。

まして伊豆！　そんな話、聞いてないよとはるみは思うが、照れ笑いを浮かべ、話をしている母の顔を見た。

今まで見たことのない母の笑顔。はるみの知らないうちに段取りが組まれ、伊豆という甘い誘惑に心許して、母の姪を連れて四人、一泊二日で西伊豆の雲見へ行くこととなった。

観光として昭和四十年代の伊豆は、家族旅行・新婚旅行で行きたい憧れの地。

武典は必死で案内所を回って、やっとのことで一室を確保することができた。

そんな苦労など知らない女性三人と、生まれて初めての同室での武典は眠れぬ夜となったのだろう、瞼は腫れていた。

はるみは運転をすることはなく助手席に座っているが、何故かよそよそしい。

大海原に広がる波の音。潮騒に嬉々として少女のように戯れる母と姪。

はるみにしてみれば母達のお付き合い！　武典の初恋！

それははるみは知らない鮮やかな茜色に染まった海。夕陽は静かに沈む。

店の前でスバルサンバーを洗車していると、バス通り沿いの側道を小走りで歩きながら大きく手を振る武典。

数カ月前までは、田端駅を降りると右手の長い跨線橋を渡り、坂を下って左手の操車場の構内を歩き、勤務する田端機関区に行っていたのだが、右手のバス通りを尾久方面へとバスが迂回する丁字路の角に山本洋服店があるため、恋する男は通勤路を変えた。

伊豆に行ったあと、はるみに会えるだろうと写真を持って店に行ったのだが、忙しそうに背広数着とズボン《（パンツ）》を風呂敷に包むとスバルサンバーの車音を残し行ってしまったことがあり、今がチャンスとばかりにはるみに耳打ちした。

〝今度は、霧積高原へ行きませんか〟と。

長女の連れ合いである義兄が、国鉄本社に勤務しているため、以前から国鉄員との恋愛は絶対に許さないと厳しく言っている母のことを知らない武典！

伊豆に母親のお供で一泊旅行に行ったが、はるみは一人波と戯れていて二人で話すこともなかった。

まして母親の監視の目があるのでなおのこと、恋愛の対象としてはるみは考えてはいなかったが、恋愛を経験したことのない武典は、一途に惚れ込んだはるみに向かって想いの丈を乗せてくるように話し出した。

このチャンスを逃がしたら今度はいつになるかと、顔は笑顔だが目は真剣！

ちらっと腕時計を見る。

気迫に押され「そうね」とはるみは首を傾げて、女友達が一緒なら、母は許可するかなと考えて、こくりと頷いた。

時間厳守の乗務員の武典は脱兎のごとく、戦利品を勝ち取った少年のように、職場に向かって駆けていった。

習い事の帰り、田端駅を降りて長い跨線橋の側道を店へと向かう。

下町へと視界はどこまでも広がる。浮かぶ雲の行方を目で追う。風が秋への気配を運んでくる。

はるみはポニーテールに結いあげた長い栗毛色の髪が、風と戯れ頬に優しくまとわりつく。

〝当分、恋はしないわ〟とつぶやく。

凛としてヒールの足音を響かせ歩く、そんなアイデンティが好きになったはるみ。


初めての大恋愛！　心に秘めて、いや結婚するぞと決めた武典。賭け事で親を泣かせた年の離れた兄達とは違い、明治生まれの両親の期待を裏切らない、真面目な男。

今度は想定外の女性二人を連れてのデート。そんな想いを知る由もないはるみ。

秋の霧積高原、女同士、楽しそうに笑いながら話している。

気の利く話など、俺にはできない。

紅葉した落葉が渓流に流れ、見えぬ滑《ぬめ》る石に足を取られそうになる。

「大丈夫」と笑いながら足を止めた女性二人。

無様な姿を見せたと、水のかかった靴を何回も石に打ち続ける。

枯枝を折り、ビシビシと音を響かせ振り回して女性の通り道を先導しようと思うのだが、木から木へと張り巡らされている、大きな女郎蜘蛛の見えぬ糸が行く手を邪魔して遮る。

さんざんな心の葛藤を枯葉と一緒にして、渓流に流さざるを得ない武典の一日。

「楽しかったわ」と浩子さんの笑顔を見て、ぎこちない笑みをのぞかせて返し、大宮の家へと送り届けた。

大宮公園のボート池の脇に車を止めたはるみは車から降りて、北側の見えぬ闇を指差して言った。

「この先にある中学校を出たの。そうそう、この池にはザリガニがいっぱいいてね」

そのあとの言葉は、武典の唇が覆う。そして、はるみを強く抱き締める。

「俺は蒸気機関車が好きで、国鉄に入り乗務員となった。だから！　結婚して子供を乗せて走りたい。だから、結婚しよう！」

辺り一面に霧が立ち込め、街路灯の明かりがゆらゆら揺れ、美妙なグラデーションの流れと今日までの思いの丈を伝える声は、武蔵一ノ宮氷川神社へと続く杜へと吸い込まれていく。

「ごめんなさい、結婚はできないわ」

強く抱き締める武典の手を解きながら、はるみは伝えた。

「母が豹変していったの感じているでしょう。姉が結婚することになったので、私は結婚はできないし、いつになるか、わからないの。だから優しくしないで」

それだけ言うと、はるみは泣きだした。


三才年上の姉が訴えていた。

私、今結婚しないとオールドミスになっちゃう。

純愛を貫いて結婚！　世間体を考えても、母は姉の結婚が優先だと思っている。

古今東西、世界中、結婚適齢期というのは、女性に存在して男性にはない。誰が定めたかは知らない慣習？　風習？　男性主義からの優先思考回路は未来永劫、変らず続いてゆくのだろう。


はるみは今まで誰にも相談できなかったことを、ぽつりぽつりと話し出した。

「数ヶ月前、夜出掛けて店の裏口から帰ると、母と洋服の直しをするおばちゃんが、『店の売り上げは上昇してるので、店に来る神田の生地問屋の従業員とはるみを結婚させたらもっと売り上げが上がるかも』と笑いながら話をしていたのを、暗い通路の壁によろけて聞いてしまったの」

言葉に詰まり、下を向いて黙ってしまったはるみ。

原因として考えられるのは、武典が旅行に誘って来たりするので、付き合いが深くならないための策で、その問屋にはるみの弟が勤めているが由、問屋との良好な関係を保とうと考えた二人の女性の浅知恵。それも実母がと泪がこぼれた。

武典に話を聞いてもらい少し気分が落ち着き、この男性に心を開こうとはるみは思った。


はるみと付き合い出して日も浅い項。武典には杞憂することがあった。

「ダンスパーティーに行くの。姉がパーティー用のスカートを縫ってくれてるの。一緒に行かない?」とはるみが嬉しそうに笑顔で話し出した。武典はダンスを踊ったこともないし、習うつもりもない。

「もしかして仕事かも」と言葉を濁してから、平静を装って、「会場はどこ?」と聞いた。

「新宿のスバルビルと聞いたけど。新宿の駅から近いらしいわ」

「じゃ、終る頃にビルの正面玄関に迎えに行くよ」と答えた。

はるみは新宿駅に降りたこともなく、武典の自宅が京王線下高井戸駅とは知らなかった。

武典は数ヶ月前頃、勤務先の田端機関区のエントランスに入り、長テーブルの上に無造作に置かれているちらしを見た。

日本全国に展開されている宗教団体の布教活動で、男女の交流を目的として音楽会、ダンスパーティーを主催し、大企業・JR（国鉄）等にちらしを配布していた。

職員の中で宗教の勧誘は広まり、武典も誘われたが断った。

武典の自宅の私道を隔てた隣家は熱心な信者で、奥さんは子供を寝かした後、夜に出掛けて早朝に帰宅する。

日中は開けられた窓から線香の煙が流れ、毎日、定時にはお経が聞こえてくるので、本橋の家でも話題となっていた。

宗教の布教を目的としたパーティーとは思っていない、はるみの家族。

まして、パーティー券は店に来る客から購入したと言っていた。

もし、はるみが入信してしまったら、親父、お袋に、結婚する女性とは絶対に言えない。

スバルビル内の会場は薄暗く、煙草の煙が充満して、若者達は身体を寄せ合い踊っている。

数曲しか踊っていないはるみは急に腕を掴まれ引っ張られて驚き、相手の顔を見た。

怖い形相をした武典だった。

「出よう」一言耳元で言い、強く腕を引っ張る。

「あら来てくれたの」とてっきりダンスを踊ると思ったはるみに、低い声で「出るんだ」と言い、ビルの外に連れだした。

ニッサンセドリックの助手席に強引に座らせて、武典は無言ではるみを田端の自宅まで送り、別れ際に言った。

「あのパーティーは宗教が主催している」

吐き捨てる言葉を理解できないはるみを残し、車に乗り込むと心に誓った。

〝はるみは誰にも渡さない。俺の嫁にする〟と、アクセルを強く踏んで発進していった。


店には、電話は絶対できず、携帯電話は、まだない時代！　コミュニケーションを取ろうとしてもなす術はない！　甘い恋愛とは、程遠い現実！

はるみは考えた挙げ句、策を思いついたので、武典に相談した。

京浜東北線、田端駅と上中里駅の間。断崖絶壁の高台に立つはるみが住む借家に、畳二帖程の物入部屋があり、小窓からは広大な操車場が見渡せる。

北側には小さい窓があるが、ほとんど開けたことはない。

田端駅を降り、右手に操車場を跨ぐ橋を歩いて武典は田端機関区に通勤していた。

左手の夜空を見上げると西側方向！

宵の明星より明るい、恋する二人が灯す赤い裸電球は、揺れるメッセージ！

〝明日は逢えるよ〞と。

一時《いっとき》の逢瀬の場所は、夜景が下町へと広がる断崖際の細い側道に止める　スバルサンバーまたある時にはニッサンセドリックの高級シート。

自宅ではるみが寝るのは年代物の木製二段ベッド。上段には季節ごとに入れ替える背広が入っているダンボール箱。

二週間以上、会えないことがあった。

寝返る度に軋む一人寝の子守り歌。

芳子が物入部屋の電球を消し忘れて仕事に行った。だが、襖が閉められていてはるみも気がつかず、勿論、芳子は知るはずがない裸電球のお遊び！

仕事に行って武典は戸惑ったが、毎日目にする小部屋の灯り、跨線橋を行ったり来たり。職場の人から「本さんどうしたの」と聞かれ、「いや、職場に忘れ物しちゃって」と言い訳をした。

最近、自動車で出掛けた時、息子と昔の話をした。

今年五十歳になる息子は結婚して二人の娘を持つ父親。

「娘二人を育てて、はるみさんがどんなに苦労して来たかと思うんだ。本当に有難う」

さらに、泪をぬぐってこう言った。

「僕を産んでくれて有難う」

〝子を持って知る親の有難さありがたさ〟。黙って聞くはるみ。息子はこれから綴る。武典、はるみの生き様を。

息子は、多大な影響力を及ぼす明治生まれの金造が、日々日記を書いて遺したので読んでいた。

父親が死んだ時の歳を超えて、何かを自分が生きてゆく過程として感じたのだろう。

それからしばらくたったある日、武典は、何かあったのと、青ざめたはるみの顔を見た。

「どうしよう、出来ちゃったの。どうしよう。店にも家にも帰れない」と、何度も顔を横に振り、はるみは泣きじゃくる。

武典は為す術もなく黙ってはるみを抱き寄せ言った。

「産もう」と武典は父親なると心に決めて、何ん度もはるみを強く抱き思った。

何があっても俺の子供の顔を見るのだと。

世田谷区松原にある菅原神社の九月の秋祭りの日に、はるみは初めて本橋家を訪れた。

門を入ると、大きな木造平屋の建物の庭には数十鉢の菊の花が並び咲いていた。

武典の部屋に通された。

父金造、母ナカ。二人が座敷に座っていた。

同居している次兄家族は挨拶が済むとナカだけが残り、はるみと話をすることになった。

明治生まれの元警察官だった金造は、四谷署に勤務していた頃、ナカは四谷花街の芸者衆の着物を夜なべして縫ってお金を貯め、京王線の明大前駅近くにアパートを建てた。

世田谷区松原に二百坪の土地を地主から購入した功労者のナカは金造に言った。

「いつも口で話を壊す人だから、大事な武典の嫁の話は私だけで聞く」と蚊帳の外に追いやられた金造は、窓の外で蚊に刺されながら聴き耳を立てて、二人の会話を聞くこととなった。

金造は、好々爺の優しい笑顔を見せ、帰り際のはるみにひと言、言った。

「身ひとつで嫁に来なさい」と。

はるみは、深々と頭を下げた。

父親の存在を知らず育ってきたので、父親とはすごいと感慨深い思いで帰った。

金造は大きな目で眼光鋭く、視覚は人の心まで見透す。自分が良いと思った人は褒める。聴覚は抜群かも？　何もかも理解したらしいが。人の言葉を正確に判断する前に席を立つ。短気で、戦争を乗り越えてこの地に一代で築いた、家の主は頑固爺さん。

武典は、兄達とは十三歳以上離れて生まれたので、七十代後半の金造は言う。「あと何年、ほかの子供のように関われない」と。

まして風貌は誰もが認めるほど似ている、真面目で親孝行の息子はかわいい！　性格もそっくりと、はるみは結婚をしてから、まざまざと認めることとなる。

風雲本橋家は有言実行で、全てを進める。

母、芳子が出した結婚許可の条件！　籍を入れることは了承したが、別居生活。ボーナス時期が終わるまで店で働くこと。

つわりで何も食べることができないはるみ。体重三十数キロの妊婦は、理不尽な話を黙って飲むことしかなかった。

何故って、姉の結婚式で相当無理していると知っていたから。

日本一広い操車場は、夕方になると作業は止まる。高架貯水槽と王子街道を挟んだ先のほうに給炭台が見える空地にスバルサンバーを停車して、操車場の非常の線路渡りを続けて、山本洋服店へ最後の売り上げに貢献した。

報酬は箪笥三棹と境台の嫁入り道具。

明大前駅を降り、線路沿いを歩いて五分。

金造は、数カ月でアパートを大工に建てさせた。

六畳一間の和室、風呂はなくトイレは共用。有言実行の金造と妻のナカ。

武典二十七歳、はるみ二十五歳の誕生日の前日、結婚式場で何も無理することもなく、娘を嫁に出す母親、芳子。国鉄関係の招待客に、にこやかに挨拶回りをしていた。

アパートには風呂がないので、長男理史が生まれてからは実家に行く。

息子に似ている孫を五右衛門風呂に入れることが、金造の最大の楽しみだが、ある日、理史のお尻に大きなしこりができた。医者に連れていき、メスが入れられ、泣き叫ぶ我が子を押さえて、はるみは無言の願いを涙を流しながら伝える。

〝おじいちゃんが悪い訳でないの。帰る家がないの、だから我慢をして！〟と。

傷が治る頃、かわいい孫のため、今までは一カ月に一度だけ五右衛門風呂の水を取り替えていたが、毎日、風呂の水は取り替えられた。

二回の戦争をくぐり抜け生きてきた、金造とナカの壮絶な人生を生きるための教訓だ。

電気と水とガス、絶対に無駄に使用してはならないと。

義兄嫁が嫁入り道具として持ってきた洗濯機は、十数年、駐車場の奥に新品のまま置かれている。

「どうして使わないの」と義兄嫁にはるみは聞いた。回りを見渡して小声で言う。

「俺の言うことが聞けないのじゃ、この家から出ていけと雷が落ちるの」

夜八時、テレビで放映されている「水戸黄門」が終わると、本橋家の明かりは消える。

おやつの時間になると、ナカは義兄嫁三人を加えて新妻の力量が試させられる！

広く長い廊下で興じるダイヤモンドゲーム。

「いつも負けるはるみは、のろい嫁とナカが言っている」と義兄嫁は耳打ちした。

「気丈な性格のナカは、三人の嫁の悪口を言う」

出て行けと言われる前に我慢の限界で、同居している義兄夫婦と子供達はこの本橋家を出ることにした。


ある日、金造は武典に伝えた。

「裏の借家人が出てくれることになった。国鉄の退職金では家は建てられないだろうと思うので、武典の家を作ることにした」とはるみに告げた。

戦争の終結を告げる玉音放送を、涙を流して聞いた金造！

武典が二十七歳の時、福島県植樹祭で原宿駅から黒磯駅まで昭和天皇皇后両陛下を乗せるお召し列車の電気機関車助士として乗務することは青天の霹靂だったが、自慢の息子として金造は、近所に触れ回った。その後、三十一歳の時も乗務した。

栄誉な経歴を持っている息子。


ヘルペスになったナカは入院するように医師に言われたが、通院をすると言いだし、武典は乗務時間を夜勤にして朝帰宅するとはるみと子供を自動車に乗せ、朝の渋滞している時間に新宿の病院まで通院を続けた。

二回目は、踏切で電車通過を待っていたナカの片目にレールの鉄粉が刺さり、角膜嚢腫で失明すると医師に宣告されたが、入院を拒否。はるみは、生まれて間もない乳飲み子を連れて通院すること、数カ月後、「障子のさんが見える」と大喜びして明治生まれの義母から、はるみに一通？　のノートを切って折られた手紙を差し出した。

のりでしっかり封印されていた表書には〃いいごんしょ〃と書いてある。

「お義母さん、これは受け取れません」と箪笥の小引き出しに押し込んだ。

「多分、ダイヤモンドの指輪と着物でしょう。お義母さんにとっては今まで苦労してきた大切なものでしょう、私はいりません」と言うと、「お前は、欲なしだねぇ」と言った。

ダイヤモンドゲームではのろまな嫁と言われていた嫁と姑のやり取りを、襖の陰で聞いていた金造がいたようだった。

引っ越しをすると聞いて、そっと義兄嫁にはるみは聞いた。

「お義母さんが寝たきりになったら、この広い家を改築して家族で暮らしたら」と。

だが義兄の意志は息子の意地になり、

「どうせ、お前は根を上げるよ」

と、捨て台詞を吐いて出ていった。


どこの家でも、起こりうる自宅介護！

期限は推し量れず、名だけの家族！

家庭崩壊となり、残される妻！

自宅介護の現実を近所の人に聞いて、杞憂した金造は、はるみに頭を下げ言った。

「法律では、財産は、もらえると二人の兄達が言っているが、寝たきり家系の母さんの面倒は看たくないと言っているので、俺は死んでも死にきれない。幼子がいて大変だと思うけど、どうか、母さんを看てくれないか」と明治生まれの頑固おやじさんが、今まで見せ

たことがない顔で、懇願する姿を見て、

「大丈夫よ、国鉄の給料で生活するので、贅沢はできないけど、お義母さんを私が看ます」と、躊躇することなくはるみは答えた。

何故、無碍《むげ》に断ることができるだろうか。

今日まで父親として私達家族を守ると実証してくれたのだ。本当は優しい心の持ち主。戦前、タクシー会社を経営した頃、不倫をしたことがあった明治の男！ の涙。

だが三人の子育てで、生まれて間もない末娘をおぶり、南側に建つ大きな家の長い廊下の雑巾がけ。北側の自宅で食事を作り、運ぶ。ときどき様子を見に来る義兄の言葉は、おぶった娘と背中で聞く。

「どこどこが汚い」と指示して、最後に言う、「はるみは若いから」。

その後の言葉は娘が泣き出し聞こえないが、夕食時まで自分の娘とでんと座っているので、慌てて二人分追加するため、はるみの夕食は味見だけ。

ある夏の日、自宅の二階で洗濯物を干し、娘に母乳を飲ませながら寝てしまった。

人の気配にふっと目をあけると、男が立って見ている。あわてて胸を手でおさえ、怒りを通り越し、あきれて主人に報告すると、「お前が悪い。襖の戸を閉めて昼寝しないから」。

この暑さ、毎日ほんの数時間しか寝れない妻をいたわる言葉を期待した私が悪いの！

父親にも兄達にも頭が上がらない弟。まして安給料の半分以上を頭金にして外車を購入する夫。「頭金は戻らない」と言われた。スポンサーの金造はあわてて言い訳をする。

「はるみ、我慢してくれよ。あと何年、武典にしてあげられるかわからない」と言う金造もはるみも、騙されていた。

数年後、武典の計画を知ることになるのだが、父から戻された頭金で、ロレックスの時計を買っていたのだ。言い訳する武典の話を聞いている暇はない。

乳飲み子を背負って、南北の自宅を駆けて夜が明ける。


そして、思った。

幻の蒸気機関車に乗ってしまった家族は、降りたいと願っても、運転手は大きな目で睨み、武典は言うだろう。

「止まる駅はないんだよ」と。

昭和の激動期を一代で築いた、思い出が多い南側の大きな木造の家を壊し、武典の自宅の隣りに妻と住む家を建てて、東側の敷地に風呂なしアパートも造った。

実父とは違う父親像を一新して見せてくれた金造。

認知症が進みだした妻を案じ、唯一楽しみとしているコーヒーを飲みながら、大きな目ではるみに確認するかのように話す。

「あいつら（義兄達）に確認してきた。若い頃からさんざん、苦労をかけさせてきたのに、母さんは、看ない。でも土地はもらう」と。

「でも、次兄家族は帰ってくるため、五十坪の南西の土地は空けているのでしょう」と言うと、悲しそうに首を横に振り続けた。

「あの土地では少ないと言うんだ」金造は大きな溜息を吐く。

「俺が死んだら莫大な相続税がくるらしい。その時にあの土地を売って、母さんとこの土地を守ってくれないか」

話の重大さに戸惑い言葉が出てこない。まして、夫はここにいない。

もう一杯コーヒーを入れてくれないかと、梅の蕾も芽吹くにはまだ早い庭を見ながら、

「寺の住職に伝えてくれ。俺が死んだら骨壺に入れず、墓の中に蒔いてくれ。息苦しいのは嫌なんだ」

と茶目ぼく風雲金造さんが泣き笑う。涙を流し、必死の想いを伝える。

急に話を変えて、「はるみは、何が望みか」と聞く。

「この家を作ってくれたので、何もないわ。でも、私の母を陽の当たる一室に住まわせたいの」

田端の洋服店を閉めて、長姉夫婦と同居をしていたが、息苦しいとわがままを言っていたので、はるみの兄弟は手を焼いているらしい。

「そうか。母さんがいなくなったら、隣りの家に住んだらいいよ」と言ってくれた。


数カ月前より終活のために弁護士事務所に相談して、公証役場に行き、本物の遺言書を作成して八十四歳の明治の男、金造は息を引きとった。昭和から毎年日記を書いていた。生き様を綴ったそれの最後のページは、涙の跡で滲み、文字が読めなかった。

義兄夫婦が、相続分の不満を言うために来た。罵声をあびせられた。

ナカの身体は震えが止まらずよろけた。頭の脳細胞が切れ、不気味な微音が聞こえ、乳飲み子をおぶったはるみにすがる。

数カ月後、未亡人のナカは寝たきり老人となった。入院を拒絶したため、付き添い婦を家に入れ、自宅介護となった。汚物をオムツから引っ張り出すので、不衛生で口に手を入れたら大変だから、ベッドに両手を縛る必要があると付き添い婦が提案したが、鬼婆と化した形相で武典に告げる。

「はるみが俺の面倒を見ないと言う」

義母の友人だった付き添い婦が、話しだした。

「多くの老人介護を見てきたの。武ちゃん、よく聞きなさい。はるみさんはそんなこと言ってないよ。どこの家でも、親の味方をして家庭崩壊で離婚する人も多くなってるの。こんな奥さんの姿を見たくないのでやめます」と。

武典に忠告して去ったため、三十五歳のはるみの一日は、忙しいなんていうものではない。愚痴を吐く時間はなく、二軒の家の中を駆けだした。

息子を学校に送り出し、病人食を作り、娘を幼稚園に連れていく。

唯一の楽しみは家のことを忘れて友達と話しながら帰宅するとすぐ洗濯、掃除、そして昼食作り。ナカに食べさせてひと休み。末娘に母乳を飲ませながらやっと食事をする。

乗務員の武典が帰ってくると、ナカを二人がかりで風呂に入れる。

小柄なナカなのだが重く感じる。

買物に行って赤ちゃん用のオムツと、この時代、やっと売りだした大人用のオムツを購入。夕食の用意と、旦那様のおつまみも作る。忙しく立って食事をしているはるみに、五歳の娘が椅子を指差し言った。

「私がおばあちゃんにごはん食べさせるから座って」と。

涙が思わずこぼれたが、涙が乾くか乾かない時、隣家から、

「お母さん、大変、おばあちゃんが表に出ていった」

玄関を飛び出すと、仁王立ち姿の浴衣を着たナカの身体が、右へ左へとゆっさゆっさと両手を広げて歩いている、小さな身体が大きく揺れ、ドオンと音がした。ナカの頭は窓ガラスを貫通しているのだが、一滴の血も流れず笑っている。

「掃除機を早く持ってきて」と大声で子供に向って叫んだ。頭に掃除機をかけると、皆で笑いだした。髪を逆立てた、痩せ細った歯なしの仁王様のナカも、笑っていた。

何故歩けなかったナカが歩きだしたのか？　素人看護婦のはるみが、苦肉の策で生み出したバイオリズムの特訓の成果のようだ。夕方三時頃をすぎると、「はるみ、はるみ」とナカの声は奥の家の台所にいても聞こえるように、二軒目の家の中で大声で呼ぶ。張りのある大声を聞き、はるみはナカの生命力の強さを信じ、対応することにした。

認知症患者の特徴か、夕食の催促のようだ。二時間前に食べたはずなのに。今、食事をさせたら進行して駄目と思い、優しく声をかける。

「お義母さん、これから作るのでもう少し、待っていてね」と言い続けて三十分ずつ、時間を繰り下げていく。数十日後、夕食時間は五時半頃となった。ナカのお気に入りの麻婆豆腐を作り夕食に出すと、「おいしい」と満面の笑顔で嬉しそうに言う。

「じゃ、また、作りましょうね」と約束！　指切りしてその場を離れる。

夜、ナカのオムツを取り替えながら話す。

「お義母さんは、未亡人になったのだから、これからきれいにならないと。そして着物を着て、またこの娘を朝、みどり幼稚園に送ってくれると私、本当に助かるの」

背負っている娘の瞳より、ナカのつぶらな瞳が、何かを感じている。

窮すれば通ずるなんて！

いつかはわかってくれるはずなどないと思っていたが、明治の女魂に火を灯した。

歩かねば！　歩いてみせる！

忙しいはるみの手助けをしようと。

「お母さん、大変、おばあちゃんが」と娘が大声で呼ぶ。ナカが裸足で浴衣の前をはだけて、十数メートルある敷地内の通路を門へと行ってしまった！

猛ダッシュではるみは先回りして門の錠を締めて振り返ると、ナカは口うるさかった旦那の亡霊を追い払うかのごとく、両手を大きく揺すりながら、ひょこひょこと歩いてきて、鉄柵の扉をガチャガチャと揺する。あたかも今まで得たことのない自由への扉を開けたいと、ナカの願望なのか、つぶらな瞳から涙が光る。か細い足が折れないかと心配して身体を支えていたはるみだったが、冷たくなっていくナカを抱き締め言った。

「家に入ろう」

「うん」

と、素直になったお義母さんは頷いた。所詮、寝たきりの生活をしてきたナカ。歩くことは一歩進んで五歩下がって立ち止まる。

はるみの心配事は、まだまだ続く、立ち止まることなく。いつ終わるか？　誰もわからない……。

仕事を終えて帰宅した武典に話しても、嫁の仕事と思っているようだった。炬燵でうた寝していても、はるみは夜中の二時頃になると、習慣として起きる。

ナカのオムツを取り替える時間だ。夜勤のため、武典がいない夜になると必ず、ナカは汚物並べの仕事を始める。

ナカの手をオキシドールを入れた洗面器で洗いながら聞くと、

「はるみが忙しいから、俺も仕事をしているんだよ」と、歯のない童女は、何を怒ってるのかと笑うだけ。そして、もうひと仕事。深夜の二軒の家の中を駆け抜ける。金造の造ってくれた家、勝手口を出た外に洗濯機は置かれているのだ。はるみは行き場のない憤りを投げ入れて、ふっと息を吐く。洗濯物の回る音が、ゴロン、ゴロンと暗夜に響く。

その後ナカは、桜上水のロイヤル病院に入院したあと、八十四歳の波瀾万丈の女の一生を終えた。

やっと家族五人の生活を送ることが、こんなにも幸福なのかと思っていた。

田端の洋服店を閉めた弟が数年間同居していた。長兄の会社へ行くことになり出たあと、長姉家族と同居していた母が、東京のアパートに住みたいと言いだした。だがこの時世に、七十代後半の女性一人に貸すアパートはない。


日本のバブル期。

土地の価格も、相続税も上昇の一途を駆ける!

祖先から譲り受け、真面目に守りぬいてきた人が、バブルという名の魔物に飲まれて命を自ら絶つと報道されている時代、土地を持っている人の贅沢な悩みよと人は言う。


父と母を三十代で見送り、世田谷区松原に二百坪の土地を受け継ぐ。一国一城の主、武典は、金造以上の短気で頑固者、譲り受けた行動力は抜群に先を読む。

二年後には二軒の自宅は壊して、北側の奥にアパートを建てる。自宅は南の公道に面して建てる計画があるが、期限付きならばと母の事情を話すはるみに了承してくれた。

これで天国の金造との約束を全て果たせたと安堵していたのに、昔の世間知らずのお嬢さんだった母！

娘の心、親知らず、いや知ってて異議を言いだした。

家の中に違う宗派の仏様は置けないと言いだした。唖然……愕然……。

あんぐり開いたはるみの口から、言葉が出ない。仏教は元をたどれば一緒でしょう。

生き仏の生活が大事でしょうと言いたいが、頑として主張を曲げることはない。


東南の二階建て庭付き一軒家、何が不服！

何を言っても理解しようとする気がない実母。いや、理解し感謝するなんて思わない実母。こんな、母親にはなりたくないと思うが、一時も早く長姉のマンションを出たいと涙を流しながら話す母。

母を見捨てることは私にはできない。恐る恐る、武典にお伺いを立てる。

国鉄時代の先輩の家でも、母親の家庭介護で奥さんが大変だと聞いてきたので、武典は、はるみに対して少し優しくなっていたが。

「今まで何もしてくれないで、住む家も提供するのに」

とご立腹！　ごもっとも、と返答する余地などないと、うなだれるはるみを見て、

「アパートを借りてもお金はかかるだろうから、材料費を出すならば」

と器用な武典、助手のはるみに向かって怒鳴る。

「お前の我が儘なお袋の家を造ってる。だからしっかり持ってろ」と仕事の合間に造った太陽がさんさんと当たる芳子の部屋は、南側に増築した。慣れない大工仕事のため、はるみの手は腫れ上がって、炊事するにも大変なのだが知らぬ顔。

約束の期限がやってくる二年後に、芳子にアパートに移ってくれないかと話すと、そんな話、聞いてないし、私のお金を返して欲しいと言いだした。

はるみは母と娘とはなんだろうと、溜息を吐いて天を仰ぐ。

数年後、天国の金造と約束した、土地も、家も、生活も、全てなくす現実の事態がくるなんて、世間知らずのはるみは思ってもみなかったが、母の愚痴を聞く耳を持たず、武典の計画を遂行していくため、母親を説得して、よかったと思う日がくる時代となった。

心地良い喜びを与えて、笑顔で過ごす。親子といえども、情という名の元に重ねてはいけないのだ、とまざまざと知ることになるのだが。芳子は薄情な娘と思ったのか、口も聞かない。ご近所の奥様は、はるみに言った。

「上品な、優しそうなお母様ね」と。はるみは黙って苦笑いで対応する。

アパートの一階に住む入居者に二階に移ってもらい、南側の一階の室に芳子が住むことで、一応納得した。

サクランボの実が撓わに熟す木は、本橋家の表玄関脇にあった正真正銘の「佐藤錦」。近所の子供達が来て、おやつの食べ放題。少し小粒だけど、剪定をしていないので大枝をバッサリ切って渡す。

近所の奥様達はざるを持参して「ジャムにするわ」と取り放題！　おみやげ付き、喜んでお持ち帰り。数日後、ジャムとなり届けられた。

我が家の犬のおやつはサクランボ。番犬が吠えるけど、少し我慢してねと伝える。

昭和の良き時代の近所の方とのお付き合い！

公道に面した南西側に自宅を造り、完成すると北側に建てた二軒の家を取り壊し、二月末までにロフト付きのアパートを建てるので、自宅の荷物を新築の自宅へ運び入れる。

作業は家族総出で夜遅くまで続く。確認のため、夕映えせまる二階の窓から空を見上げた。

中学生の長女が、短気な武典に反抗して、二階の屋根の上に昇った。

「なんとかしろ」と言われても、申年生まれの私でも無理。心臓は脈打っていても立って見ているだけ。なんの手立てもできない。ただ祈るだけ、落ちないでと。

「降りてきて」と声をかけて、見上げてそして待つだけ。

やっと屋根から降りてきた娘は、あっけらかんとした顔で言った。

「星空がきれいだったわ。お父さんを困らせたかったの」と。娘のせりふを聞き、心の動揺は見せられないと思ったのか、似たもの父親と娘。

父の手は娘の小さな顔に平手打ち。

翌日、中学校に行った娘。赤く手形の跡が頬に残る顔を見て、先生は聞いた。

「誰に」。娘は答えた、「親爺に」。

「そんなオヤジがまだいるのか」と大声で教室に響く笑い声。

体育会系の指導が最高と思っている昭和の男、似た者世代。

女子学生であろうと高箒を振りかざして生徒に「カツ」を入れると廊下を追いかける。生徒、いや親も知ってる有名教師！　中学三年生、進学を考える時期！　脈々と受け継がれる親心！　教員委員会に直訴する親はいない。不可解な行動を生徒に見せる先生。家族にはどんな親の顔を子供に見せているのだろうか？

我が家の夕食時、頬に自分の手形が残る娘の顔。上目づかいに、ちらっと盗み見して無言で娘にきっと睨み返されて、苦い晩酌の酒を一気に呷る。

「ごめんな」のひと言で娘の心に宿る、そのあとの人生！

父と子のメッセージは大切なことだと思わない。頬に残る痛さも癒されるのにと思う。母心！　妻心。

午年生まれの武典。馬車に騎乗して鞭を振りかざす。娘の気持ちを考える余裕も猶予も頭にはない。

俺の家とアパートを三月までに造らねばと、責任回避の建築業者と契約したため、夜もゆっくり寝られない施主！

今日まで、子供達を叱る声で駆け下りていた階段を、走馬灯のように思い出す。忙しくすごした日々を慈しむかのようにゆっくりと降りる。

一段、一段、この家は、妻、母親、そして嫁として役割を果たしてきた、思いが深い。成長する子供達の笑い声、泣き声、誰かの声が呼び込む、人の住む陽のあたる家。

友人が近所の子供達に習字を教えるので、八畳の和室いっぱいに座卓を並べて週一回の習字の寺子屋。

庭は月一回植物の植え替える。盆栽士の免許を取得している武典。

助っ人は、十人は越える元国鉄乗務員。夜は宴会が繰り広げられた事を思い出す。

月明かりが差し込む薄暗い和室の床の間に置かれた〝藤娘〟さくら人形。はるみが二十歳頃作った、一メートル以上ある人形。三センチほどの顔の瞳の上に針の穴を刺し、習字用の細筆を解し、一本ずつ植えて睫毛が完成。富士額を黒糸で刺し日本髪を結い上げる。長く垂れる藤の花を背負って。はるみの忍耐から生まれ出た物言わない生命が宿る、世界にたったひとつの手作りさくら人形。

二十数年のはるみの喜びも苦しみも見ていたのに、「捨てろ」のひと言は悲しいが生きていくため。

〝ごめんなさい、これからの人生も一緒にいたいのに、流れる涙が乾くまで、ここで話していられないの〟。二十代、青春の一片に決別するはるみに、花笠を被った〝藤娘〟。〝いいのよ〟と瞳を伏せた。

手先が器用で大工仕事は玄人並みの武典は、アパートを建てた残材で十人ほどが座れる、炭火・炉端バーベキューハウスを、四季折々、花咲く庭に作った。

天井高五メートル、ロフト付きのアパートの入居者は、アメリカ人、カナダ人、アフリカ人、イタリア人、スリランカ人と中国人、国際色豊かで飲み物持参。

冬になると、浅間石で組まれた庭に雪が積もり、風情は最高！　雪見酒で乾杯！　酒盛りは年に数回、近所の住民にも声をかける。以前から外食を好まない主人なので、自宅に同僚、後輩、時にはその家族も泊まっていく、民宿状態！

当然、料理は、はるみ一人で朝から用意してもてなすため、今までよりバーベキューは楽だったが頭の中では、来月の生活費はと考える。

三人の子供達の教育費がかかる日々。ローンを支払う状況なのに、はるみが貯めていたへそくりは、群馬県、妙義山の地元の石屋が夜中に四トン車で浅間石を運び入れた。

武典の助っ人として友人が数日来て、家の南側に高さ二メートル以上の大きな石が三段積まれた塀ができあがった。唖然と石の塀を、ただただ、見上げるはるみに、石屋が言った。

「ダイヤモンドを買ったと思ったら。浅間山が爆発（噴火）して何十年してから埋もれた石を掘り起こしたので、石の間から木や植物が芽吹くので、天然記念物や。こんな石はほかにはない。奥さん、安いもんだよ」と豪語するが〝ダイヤモンドは売れるけど、簡単にこの浅間石は、右から左へと運べないのに〟と思ったが、それより子供達の教育費はどうしようと、石屋の話は、うわの空で聞く。

いつも事後報告はお金の請求を伴う。友人の誘いは断れない亭主。

日帰り旅行で連れていかれたところは、浅間山、赤城山、妙義山に囲まれた高速道路計画を外れた、崖っぷちの山林を持つ地主が子供の進学のために売りたいが、売れないと聞き、地元の友人を通し、数倍の言い値で買うこととなった。

果樹園にするため樹木を植えたが、数年後、実が熟す頃、誰かに根こそぎ持っていかれた。踏んだり蹴ったり。でも懲りない亭主。

空っ風の洗礼を受け何も言えない。見上げる妙義山の〝山の神のたたり〟。

身も心も冷え込んだはるみは、襟巻きをあわてて巻き直す。

数年後、人助けをした山林、〝山の神のたたり〟を受けることのない人生を歩んできた。

お人好しの夫に、妙義山の頂から吹き下ろす空っ風が朗報を運んできた！

〝国が果樹園の跡地を買いたい〟と。上信越自動車道の計画調査をしたところ、安土桃山時代の遺跡が出土したと判明。妙義山の〝山の神の祈り〟で、数倍で買った土地は数十倍になったのだが、今度は、下仁田に土地があると！　旧知の友人の誘いは断れない亭主。

数倍の言い値でお買い上げ！　売主は金策で留守の為家の外で飼われていたので弱って今にも死にそうな犬のミニチュアピンシャーまで付いてきた。

果樹園は作れない急斜面の山林。土地買いをやっとの説得で諦めたかと思ったが、無類の外車好き。二人乗りのベンツを買うと言いだした。

結婚して数十年。三人の子供が生まれると、病院に来た迎えの車は、それぞれ車種が違った外車。

親父というスポンサーがいたので、はるみはお金も口出しもしなかったが、今度は異議を申し立てた。三人の子供を育てるため、強くなった母親。

土地で儲けた時は、土地を買うと、東京在住の夫婦なので、老後は伊豆に住みたい願望は強く、休みになると土地探しに伊豆へ行ったが、バブル絶頂期の別荘地は高い。偶然に見つけた土地は伊豆急行、伊豆大川駅から徒歩二十分くらいのみかん畑！　海が一望でき、ログハウスを自分で作りたい武典は大変気に入ったが、東京在住のオーナーが悪徳不動産屋に騙されて売った土地だった。

伊豆の地元の不動産業者のアドバイスを受け、妙義で得たお金で土地を購入することとなった。

三人の子供達の学校関係もあり京王沿線、明大前、下高井戸、桜上水地区はＰＴＡの役員、委員を受けているため、友人・知人も多い。まして、アパートを所有するオーナー。そこに目をつけた不動産会社の社長から、アルバイトをしませんかと言われ、有限会社華多岐の社長のため、派遣社員として働くことになった。

伊豆に土地を購入したが、ログハウスを建築する資金を用意するため、武典は小学校からの同級生が経営する設備会社でアルバイトをすることとなった。


南側道路に面した敷地に新居ができあがると、北側の自宅を解体後、ロフト付きアパートを二月までに完成する予定が、建築会社のミスで工事は大幅に遅れてしまい、自宅から自宅への夜逃げ状態の引っ越しは、朝早くから夜中まで家族総出で荷物を運び込む。

バーベキューハウスの北西の小さな空地、アパートへの階段が設置されている踊り場の真下に引っ越し騒ぎで新居に運び入れることを忘れてしまった。

プラスチックのグリーンの衣装ケース、風雪に晒《さら》されて数年、誰にも開けられず置かれていた。

ピンポーン。

昼時十二時をすぎると、我が家のインターホンが鳴る。

「ハアーイ、テイラーよ」

玄関のドアを開けると、テイリーに抱かれた、真向かいの外国人ハウスに住んでいる日本生まれの金髪娘、テイラー三歳がにこっと笑って、二階のリビングへ一目散で上がり、イスに座る。そして「ライスボール」と愛くるしいブルーの瞳が、はるみの握る小さなおにぎりを催促する。

食べ終わると満足気な顔で手を振り、くるくる天然カールヘアのポニーテールの髪を揺らし、生まれて間もない妹マリアの待つ家へ帰る。テイリーははるみに話した。

「はるみさんのファーストネームは、お母さんと思っているみたいよ」と。

我が家の子供が「お母さん」と呼んでいるので、はるみの名前だとテイラーとマリアは思っていたらしい。娘と同じブルーの瞳のテイリーは首をすくめて笑った。

日本の家庭では「お母さん」のひと言で用事が済む。まして夫婦でも「オイ」「お前」と呼び、はるみ自身も、身体が反応して用が足りていた。はるみさんと夫から声をかけられた記憶がないが、日本中多くの家庭では普通の呼び方で、特に気にかけることなく生活をしている。

盆踊りにテイリー、テイラー、マリア、ジェイクの浴衣をはるみは用意して、着せて出かけた。祭りに来ている人々が、かわいいと笑顔で通りすぎる。

「はるみ、シアトルの家の棚におひな様を置いてあるの。今度、シアトルに来てね」とテイリーは話した。テイラーが生まれた時、木目込みのおひな様をテイリーと二人で作ったのだった。

ギャリー家族からはシアトルに帰っても年一回、クリスマスカードは届く。

高校生のテイラーと中学生のマリアは、夏休みに我が家にショートステイで来た。

朝「できたよ」と声をかけると、三階の階段を母親ゆずりのスーパーモデル、金髪・ブルーアイの美脚の姉妹が降りてくる。胸の開いたネグリジェ姿、目のやり場がなく圧倒された息子に、「おはよう」と一瞥してリビングの椅子に座る二人の楽しみは、はるみ特製のライスボール。食べ終わると、ショートパンツに着替えて大きな麦わら帽子を被り、うちわを手にして多摩動物園や豪徳寺へ行く。母親テイリーが二人の娘が小さい頃よく連れていったところ。

現在、二人の娘達も結婚してテイラーはシアトルで男の子のママ、マリアはニューヨークで女の子のママになった。

テイリーは、ある大企業の副社長の娘、シカゴに在住している高校生の時、ホームステイで仙台の高校に入り通学していた。

「その時、日本の男性は私に奥さんを紹介する時『家内です』」と言われ、戸惑うテイリーの表情を見て言い直した。「マイ・ワイフ」と。奥さんの名前は？　とテイリーが聞く。

日本の生活習慣は会得していたが、日本の夫婦の理解し難いあり方に興味を抱いたテイリーは、「はるみの家では」と顔をのぞき込んで聞いてきた。

はるみは首をすくめて両手を広げ、笑うしかない。「やっぱりね」と、テイリーは両手を広げ二人で大声で笑う。テイリーとはるみの心は通じ合う。

仙台でテイリーは、日本人の「おもいやり」を理解していた。夫のギャリーは、ハワイ生まれで上智大学に留学したこともあり、日本が大好きな二人。ギャリーはアメリカの医療関係のビジネスマンで、日本語は堪能だが、日本の言語《ことば》は理解できない時があると笑う。

テイリーは、日本の靴下メーカーのストッキングのパッケージに写るモデルとして数十年、日本女性があこがれる美脚の女《ひと》。

外国人モデルとしてロングセラーストッキングの売り上げに貢献してきた。

ギャリーは仕事で日本に来た時、シアトルの公園に息子と散歩していてイチロー選手に会い、話をしたと話しだした。

多分、イチロー選手がシアトルマリナーズに移籍してシアトルに住みだした五、六年頃と思われる。その時、柴犬を連れていて、愛犬の名前は「イッキュー」と話したと言うので、我が家では「一休」と思っていたが、数年後、日本のテレビの対談でイチロー選手が飼っている愛犬の名前は「一弓」と話していたので家族一同、納得したのだ。

二〇一九年三月、ギャリーとテイリーが来日した。

テイリーは、二十二年ぶりの桜咲く日本に来たので、桜の花を見て大変喜んだ。

京王線下高井戸の焼鳥屋で、はるみの家族と夕食することとなった。その席で二〇一九年三月二十一日にマリナーズを退団したイチローの話で盛り上がり、息子は、一般日本人として「一弓」の愛犬の名を知っていたのは我が家だけかな？　と笑う。

狭い座敷の低いテーブルの下に、テイリーは窮屈そうに長い脚を曲げて座って、「おいしい」と焼鳥を食べながら突然に話し始めた。

「シアトルの公園を歩いていると、リードを外して柴犬とじゃれ合ってる日本の男性を見たので、近寄り躊躇することなく話しかけたの。

『歩いていると、コヨーテの遠吠えがあちらこちらから聞こえてきたので、この犬も狙われています』と。公園のまわりの森を指差して英語で忠告した時、その男性は、ギャリーから聞いていたイチロー選手だと思ったの」

笑いながら話すテイリーのコヨーテに驚き、はるみが聞き返すと隣りに座っているギャリーが話しだした。

「僕も自宅の近くでコヨーテが小動物を咥えて逃げていくのを、何回か目撃しているよ」

そう、そこはアメリカのシアトル。森には、コヨーテは日夜、出没する。

スーパースターと言えどもバットを持っていない野球選手、イチローさん。コヨーテに太刀打ちはできないでしょうが、この話にはるみの興味は広がる。金髪・ブルーアイ・モデル級の婦人に公園で突然、英語で真剣な眼差しで忠告された時の対応は知る由もないが、退団会見の時「一弓」は健在と聞き、私は何故かほっとし、親近感を抱いてイチローと「一弓」が笑顔でじゃれ合っている様子を想像してみた。

三十数年前のこと。「自宅で占星術を教えてくれる女性がいるので参加しない?」と、友人から連絡があった。はるみは占星術に興味を持ち、指定された日に伺った。

凛子さんは大学院を卒業して某短期大学の教師を職業としているキャリアウーマン。参加者は主婦数名。

ホロスコープは、自分の生年月日、時刻で運命が解るらしく、参加者は一喜一憂して話が進むが、戦時中、中国上海で生まれたはるみは戸惑った。

生まれた時刻は不確かで家族に聞いても解らない。はるみのホロスコープは不確かだろうと好奇心は半減したが、言葉に出さず聞いていた。

主婦にとって気になるのは子供の将来の運勢。息子さんは大器晩成だと言われた教育ママ。受験時までに私の運気を注いでも間に合わない。やはり神社に行くと、その後は来なくなった。

現代ではコンピューターが打ち出すデーターを見る人も多い。テレビで早朝放映される占いコーナー。何故か局によって、内容・順位は異なるのだが、万人が一喜一憂して笑顔が浮ぶならその日は幸せ！　精神的癒しに寄与した事になると思う。

テレビで見た、良く当ると言われてる手相師。一本線を書けばと、取り出したマジックペンで手に書いた。呆れて笑うに笑えない、マジック。当るも八卦、当らぬも八卦。何億円、もしかしてと期待を込める宝くじ。何十年も買ってはいるが、元を取ったことはない現実。

しばらく振りに凛子さんから電話が入った。普段は冷静に話すのに、電話の声は違って聞こえた。

「私の友人がメキシコ空港で宝石店を経営しているの。日本に帰国して病院で脳腫瘍と診断されて入院しているのだけど、手術代が足りず困っているの。お願い、人助けと思って新宿の病院に来て欲しいの」

話す凛子さん。急な話なので断ろうと思ったが、はるみの次兄英雄が日本に帰国した時、言っていた。

「アメリカでは健康保険制度がないので、病気、まして入院したら莫大な費用を請求される」と。

漢方薬をトランクに積め込んで言った。

「友人・知人にあげると喜こぶんだ」とも。

兄と同じメキシコに移住した日本人。会ったことはないが、当然メキシコでも健康保険制度はないのだろうと思うと、人事ではない話。兄もロスアンゼルスで誰かの世話になる時もあるだろうと思い、やっと貯めた長男の受験費用を手に病院へ向かった。

手術代金の代替としてメキシコオパールを見せるため、宝石商が黒鞄を開けて話し出した。

「メキシコの母岩は高価な宝石ではないですが、鉱山が閉山されたので十数年後には価値は上がります」と。

はるみはダイヤモンドは買えないので興味を持たない主義。鞄の中に並ぶ母岩にすっかり魅せられ数個を選ぶと、「命の恩人ですから、もっと選んで」と促されて、十数個の母岩を受け取った。

最古の水滴を抱き長い眠りに入った原石は、掘り出され研磨技術士により蘇みがえり宝石となるが、一瞬の傷により唯の石となるらしいと後で知った。二つとない色を有するので貴重な宝石といわれるのだろう。

数年後、凛子さんから電話がまた入った。

「今度は奥さんが脳腫瘍で手術代が」と。

武典に相談すると「娘が二人いるので買ったら」と言われ、人助けに協力してくれた。

宝石商は、二人目の命の助け女《びと》に、取って置きの逸品・メキシコオパールをはるみに渡した。

指輪、ペンダントへの加工費用捻出に、はるみは十数年の年月を要した。人や親族にも相談できない難題が生じた時、家族との認識のずれがあった時、オパールの指輪をつけた手を太陽にかかげる。心のひだに織り込み自然界からもたらした色彩《いろあい》、不思議な輝きが潤いとなり癒してくれる。

一部の主婦の会話は、モノクロの言葉。垣間みせる本音・妬《ねた》み・嫉《そね》み。願望は諦めていて、どうせ私はと自分で決めているこれからの人生！

若い時に心に描いたキャンバスは、白か浅葱《あさぎ》色。これまで幾重にも色を重ねたオリジナルの言葉があっても良いのではと思う。音楽を聞きながら、聞き流してきた。

はるみが想うアイデンティティー。

心に描く色は様々、その日により変えてゆくが、未亡人のはるみが羨ましいとはっきり言い切る主婦。

主人が亡くなり、長女は数年金縛りに悩まされてきた。

ある朝、怒りながらまくし立てて話す。

「やっと夢の中にお父さんが出て来て、横に私くらいの女子《おんなのこ》がいて、急に私を睨み言ったの。「あんたは誰」と言われ、言い返してやったわ。「私は娘よ」と。すると、お父さんが私に優しい笑顔で、「今度この娘の面倒を見ることになった」と。

あの世と現世の会話！　吹き出しそうになるが笑いをこらえて聞くはるみ。はるみは夢を見たことがない。

現世で優しい笑顔で話などしたことのなかった似た者父と娘！　武典にとって一番気になっていた娘！　現世で伝えられなかったメッセージではないかと思って、

〝天国から、見守っていくよ〟と言ってるのよと話そうとする。

「お母さん、自由に恋愛しなさい！　お父さん、あんな小娘の面倒を見るんだって」

高揚した顔に一縷の（一条の）涙。絆は絡まり平行線、天国からのメッセージはあまりにも短いが、それで良いと未亡人のはるみは思うようになった。

主人を亡くして一年目、友人が町で会うと顔を見るなり話し出した。「元気にしてる？ 大変でしょうが、聞いて。私の友人が伴侶を亡くしてから食事会に来なくなったの。そんな未亡人にならないで本橋さん、気分転換、貴女に似合う赤い服を着て」と言われた。

赤いブラウスを着て買い物に行くと、近所の主婦が話しかける。

「あら今月は黒い服じゃないの」と。

喪も開けて一年目で、仕事で出掛けるの」と答えるが、面倒くさいと心の中でつぶやく私がいる一方、夫のいる妻だったら現在のはるみさんは？　とふっと思う。

武典が亡くなって十年後。

東京芸術大学で教鞭をとる唐草模様の彫金で有名な、酒井公男氏の奥様とは、はるみが高校生の時に気仙沼に行った頃からお姉さんのようなお付合いが続いているので、残った母岩四個を手渡した。

母や姉が指輪を作ってもらったこともあり見ていたのだが、唐草模様は古来の美術品の中で仏教との関わりが深く、仏舎利塔にほどこされている。

新宿のホテルで催されたパーティーに出掛けた。

黒のシルクのロングドレスを装う。日本古来から伝承された白系の差し子模様は、胸元から裾まで続く。

数万円の人助けをした母岩が、唐草模様の繊細な金細工の中に配置され、手の平程のペンダントとなり、最高の芸術品となり、逸品《ジェリー》がはるみの胸の上で揺れる。

淀橋浄水場跡地から水を吸いあげられた街路樹。

秋の紅葉が地に落ちホテルまで続く大通り。

信号を待っていた外国人夫婦が笑顔で通りすぎてゆく。

はるみのランウェイは続く。

ホテルに入り一眼レフカメラを胸に掛け、カメラウーマンになった時、ペンダントは背中で揺れる。

ニューファッション？　と聞かれ答える。

カメラにぶつかり、母岩から最古の水が流れぬようにと。

未曾有のサリン事件は一九九五年三月二十日、東京メトロ（営団地下鉄）に撒かれたサリンがひきおこした。

当時、末娘がJR中央線沿線にある中高一貫の私立女子高校の三年生に在席していた。はるみは末娘が入学した当時からPTAの役員に任命され、入学式・卒業式に来賓として参列していた。

夕方その中学校に通う生徒の母親から電話が入った。

「朝通学でサリンが撒かれた東京メトロに娘が乗っていた」と話す。

どうやらサリンが撒かれた車輌ではないことが解かったが、国民のほとんどがサリンという神経ガスが人命をいとも簡単に奪うとは知らず、テレビを見ていた。

我家でも救助される報道を見ていた。

「娘が緊急事態の現場に遭遇してしまいやっと家に帰って来たので、急いで学校に問い合わせたが、子供達にどう対応するかの通達は出してないと言われた」と。

怯える中学生の娘に寄り添う母親はどうしていいか解らず、入学式に来賓席に座っていたはるみを思い出し、どう対応したら良いか聞こうと思い電話を掛けて来たのだ。

はるみは戸惑った。初めて聞くサリン！

空気感染で拡散されるとテレビで報道されていたことを思い出した。

「すぐに娘さんが着ていた制服を何十枚のビニール袋に入れ、頭の髪の毛から足まで何度も洗ってあげて、そのタオルもいっしょに袋に入れて処分しなさい」と言うと、

料金受取人払郵便

新宿局承認

1409

差出有効期間
2021年6月
30日まで
（切手不要）

郵便はがき

1 6 0-8 7 9 1

1 4 1

東京都新宿区新宿1－10－1

(株)文芸社

愛読者カード係 行

お名前《ふりがな》		明治 大正 昭和 平成	年生 歳
ご住所《ふりがな》	□□□-□□□□	性別	男・女
お電話番号	（書籍ご注文の際に必要です）	ご職業	
E-mail			
ご購読雑誌（複数可）		ご購読新聞	新聞

最近読んでおもしろかった本や今後、とりあげてほしいテーマをお教えください。

ご自分の研究成果や経験、お考え等を出版してみたいというお気持ちはありますか。

ある　　ない　　内容・テーマ（

現在完成した作品をお持ちですか。

ある　　ない　　ジャンル・原稿量（

書　名				
お買上 書　店	都道 府県	市区 郡	書店名	書店
			ご購入日	年　月　日

本書をどこでお知りになりましたか?

1.書店店頭　2.知人にすすめられて　3.インターネット(サイト名　)

4.DMハガキ　5.広告、記事を見て(新聞、雑誌名　)

上の質問に関連して、ご購入の決め手となったのは?

1.タイトル　2.著者　3.内容　4.カバーデザイン　5.帯

その他ご自由にお書きください。

(　)

本書についてのご意見、ご感想をお聞かせください。

①内容について

)カバー、タイトル、帯について

弊社Webサイトからもご意見、ご感想をお寄せいただけます。

わ力ありがとうございました。

寄せいただいたご意見、ご感想は新聞広告等で匿名にて使わせていただくことがあります。

客様の個人情報は、小社からの連絡のみに使用します。社外に提供することは一切ありません。

書籍のご注文は、お近くの書店または、ブックサービス(0120-29-9625)、
ブンネットショッピング(http://7net.omni7.jp/)にお申し込み下さい。

「明日学校が」とまだ事の重大さを理解していないお母さん。

「休ませて朝から病院に連れて行って。制服は家の娘が卒業するのであげると言ってます」

初めて耳にしたサリン！　人の命を奪う姿見せぬモンスターに怒り心頭となり、会ったことも話したこともないお母さんに、はるみは電話で大声で怒鳴っていた。

テレビで報道されているサリン事件を見ていて不安になった。医師でもなく、化学の専門家でもない。

ＰＴＡの副会長と格付けは一目瞭然なんだろうが唯の主婦。はるみが伝えたお母さんへのアドバイスは適正だったかと！

数日後、お母さんから電話が入った。

「本当に有難うございました。病院に行き検査をして大丈夫だろうと言われ、娘はやっと学校に行けるようになりました」と聞き、「制服はどうなりました」と聞くと、「友達の家族が集めてくれました」と。

「よかった、よかった。この間は怒鳴ってごめんなさい。学校から何か言われましたか」と聞くと、一瞬、戸惑ったのか言葉がつまり、小声で話し出した。

「学校に呼ばれ教頭先生に言われました。大変忙がしい本橋さんに話すとは、と注意されました」

数日後、サリン事件に関連することで新聞に記載されていた。東京メトロ及びＪＲ・私鉄近郊の学校で、事件当日緊急対応として子供を学校に留めて保護者の元に渡した学校は一校だけと記憶している。

今なお、サリンの後遺症で苦しんでいる人たちがいると聞くとふと思う。実行犯達は、何故サリンという神経ガスを浴びずに生きていたのだろうかと。

三十年前の、夕方、商店街に買物に行った時、息子の同級生の母親が挨拶してきた。

「息子さんは、どこの大学を受験するの」

この時期、一番嫌な話題。まして〝学歴は先生より上よ〟と平然とまわりに話す要注意人物！　頭を下げ去ろうとするが、不躾《ぶしつけ》だと思わないのか、笑顔で返答を待っている。隣りにいる娘が、母親のコートの袖を引く。はるみは思わず言ってしまった。

「家《うち》の息子、名前が変わるの。今年は一郎で来年は二郎かも」と。

受験生を持つ親にとって、つらい冬、身も心も懐も細る季節。

二月に桜は咲くはずがなく、桜の枝に雪が被る。蕾は堅く黙して芽は開かず。

暖房は入れているのに、我が家は冷々とした空気が漂う。

「親として高校まで出したのだから、もう学費は出さない、働け。俺は、伊豆にログハウスを造り一人で伊豆に住む」と。

頭を垂れ黙って父親の話を聞く息子。

二浪して家族からの冷たい視線に、押し潰れそうになった胸の痛みは弾けた。

「わかっているよ、言われなくとも」

父親の顔を見上げて睨み返した。

「なんだその顔は」と言うより早く手が。

張り詰めた糸がぷつんと切れ、絡みだした。割って入ったはるみは飛ばされた。親子が故の心の葛藤は見えぬ炎となり、誰も入る余地は閉じられた。

ただ成り行きの終息を待つだけ！

子供との接し方は不器用な夫。言葉は伝えるためにあるの。喉仏は言ってはならぬ言葉を飲み込むために胸元の上にあるの。その時、両手は何かを抱くの。拳《こぶし》は子供に上げてはいけない。痛み以上に心に恨みを宿すから。子供にあげていいのは男意気。女の私には、伝えられないから。

我が分身を病院で生んだ時から男同士、成人して酒を飲み、飲み干した時、親子の絆を胸に感じたでしょう。

強い父親になれたと、生きているうちに伝えなければ。日本男児が心の片隅に抱く不器用な心の表現方法〝古いわ〟以心、伝心、私の心、伝えたい。

四十四歳で、自宅と二棟のアパートを建設して、伊豆に自分でログハウスを建てるため、みかん畑の測量をしたところを確認するので、五月三十日は空けておくように言われたのだが、なぜか海は大好きなはるみ、行きたくなかったので言い訳事を探そうと思った。

だがここ数カ月、武典の言動の変化をはるみも子供達も感じていた。

夜十時をすぎると、寝室から起きてきて「まだ寝ないのか」と言うと、今までは武典は黙ってリビングのテレビと電灯を消す時があったので、寝室の襖が開くと、反射的に三人の子供達は「おやすみ」とも言わず、自分の部屋へと戻っていく。

寝室から武典が起きてきたので、椅子から立ち上がった子供達に。

「早く寝なさい、おやすみ」

少しトーンを下げた父親の話し方。子供達はお互いに顔を見回して、きょとんとした表情で椅子に座り直した。

その夜から二カ月くらい日はすぎただろうか。子供達は出かけていた。

夕食後、武典はくつろいだ表情を見せてはるみに話しかけてきた。

「今まで好きなことをしてきたけれど、俺はお前の手の平の上だったかも」

唐突に出た自分の言葉に照れ笑いを浮かべながら、真顔ではるみの顔を覗き込む。

結婚して二十数年、初めて聞く言葉に驚き、〝ありがとう〟と素直に言えない男ね！

はるみは自然と笑みを返す。

はるみは夫婦として向かい合って話せたことがうれしいと思った。そして思った。「何を今さら」と。でも初めて夫婦として聞かされた優しい言葉。

妙義から運び入れた浅間石の間から、うちょう蘭の花が五月の爽やかな風を受け揺れている。

球根から丹精込めて鉢で育てていたが、例年より遅い開花でやっと花が咲きだした。

「おおい、来て見てみろ」

小指の爪ほどの薄紫色の蘭が連なって咲く。

「白いのはないか、白い花弁に濃い紫色の斑点が出たら高いんだ。昨年物産展で買ってきたからあるはずだが」

夢中で探している、土の中の小さな球根。

「え……そんなに高いの」とはるみの手が止まる。

可憐な蘭だから仕方ないかと、声に出せないため息が洩れる。

忙しい日々を送っているはるみに長女が聞いた。

「お母さんの夢は」と。

「そうね、海外旅行に行きたいわ」

五百円硬貨を入れ、五十万円を貯める黒い缶の貯金箱を買ってきてくれた。

油性マジックでHARUMI's Dreamと書かれていて、寝室の隣の箪笥の上に置かれていた。

〝俺は待ってるぞ〟と夫婦だけが知る〝ポトン・チャラチャラ〟と子供達が寝静まった夜、音がする。〝数千円で私を抱くの、仕方ないかな?〟と思う風呂上がりのはるみさん。三面鏡の前でポーズを取り、まだまだ捨てたもの(?)ではないと、布団の中に滑り込む。

後輩が千葉に家を建てたので出かけた。元国鉄の仲間とおいしい酒が飲めたと上機嫌で、おみやげの「生カツオ」をはるみが捌《さば》くと、バーベキュー小屋で半面を焼き、夕食は済んでいるはずの友人宅に持っていった。

次の日の夜、仕事から帰ってきた武典は、ゆっくりと入った浴室から出ると、リビングで夕食の後片づけをしているはるみに聞こえるように、

「今日は両替をしてきたんだ」

〝ポト、チャラチャラ、ポトーチャラチャラチャラチャラ〟

二十数年前、お前と二人で愛を育むと決め抱かれた時よりも強く優しく、はるみを抱き寄せた。

翌朝、主人の朝食を作らねばと身を起こそうとするはるみの胸元に布団をたぐり寄せ、

「今日は、お前は寝ていなさい」

と優しく言い残し、寝室を出ていった。


その日の夜から夫は帰らぬ人となった。

平成三年五月二十八日。

夕食の支度をしていると、練馬警察からすぐに帝京病院に来てくださいと連絡があり、アルバイト先の同級生が用意し息子も乗せた自動車で向かった。要町交差点で信号待ちで車が止まった時、ぽつりとはるみは言った。

「前から車が突然来たら避けられないわ」と
その時点では、武典の怪我の状況は知らなかった。

手術室に案内されると全身包帯に巻かれ、ベッドの上に武典は横たわっていた。

「痛さを本人は感じていません」

医師がはるみと息子に伝えた。左手をさすることしかできない。

「娘達がまだ来てないの……」

病室に響き渡るはるみの声。〝ぱぁーん〟と聞いたことのない音がした。椅子に座っているはるみの上半身が仰《の》け反《ぞ》り、包帯で巻かれた武典の胸元に突っ伏した。

顔をあげたはるみは凝視した。来た時には閉じられていた武典の瞳は大きく見開かれ、宙を睨んでいた。

環状七号線は嫌いだと言っていた武典。

設備会社の所有する軽四輪車に乗り右折するため、渋滞の中、信号待ちで止まっていた。環状八号線に出ようと反対車線に入り込んで、あわててブレーキをかけた。運転手、ハンドルを左に切り止まった。三十三トンのトレーラーの運転席部分が、非情にも右に戻るとは。運転手は思っていなかった。ゆっくり、動いていたのだ。

永年国鉄時代から電気機関を運転してきた武典、想定外の大きなトレーラーの荷台車は横に止まっていたのに、あとから前の運転席のトレーラーの頭が迫ってくるとは思わず、前を見ていたのだろう。

一分一秒が人の生死を決める。過去に遡る時間は誰にも与えられることはない。

自宅に帰ってきた遺体は、階下の仏間に安置されていた。

「少し横になったら」と家族に促され、はるみは突然の悲惨な状態に身も心も疲労困憊で、何も考えられず、ベッドに横になった。

〝寝たのだろう〟か、階下の武典がはるみの身体の上にふわぁと乗ってきた。

夜空に輝く星を押し上げて、銀河鉄道スリーナインのSLが、音もなく天高く昇っていく。美しいメーテルは振り向いて、はるみにウィンクして言った、〝連れていくわ〟と。

誰か！　信じて欲しいとは思わない、夢現《ゆめうつつ》異空間の出来事。

数カ月後、娘にぽつりとつぶやいた。五月三十日に伊豆に行っていたら、私もと。

通夜、告別式を執り行っている宗源寺に、突然招かざる客が現れた。

無表情で名も名乗らず、着物を着て長い木刀を片手に、仁王立ちして微動だにせず庭石の上に立っている。

無事に葬儀を済まさねばと思って見ないようにして、憔悴しているが気力で弔問客に頭を下げているはるみ。非常識で過激ないでたちの人物、運輸関係の闇の使い男とのちに知る。普通の生活を送る私には無縁の男。

朝日新聞に死亡記事が載せられたため、甲州街道の沿道を弔問の列は続く。

はるみの友人、知人、近隣の人、子供が通う学校関係の人、制服姿の中学生、外国人の方も列は続く。マカウスキー家族もわざわざ大阪から駆けつけてくれた。

お線香が絶えることなく立ち上る。はるみはあえて、焼香台の近くの親族席に座る。

葬儀の終わったあと、私達遺族を心から気遣って来てくださった方に挨拶しなければと、気丈に思って頭を下げる。頭を上げて、懐かしい面影を残す男性と目が合った。

立派に成人した背広姿の男性。泣き腫らした瞳で武典の遺影に語りかけ立ち尽くす。

〝本橋の父ちゃん、何故死んだ〟と。

息子が小学三年生の時、学校で鉄道図鑑を見ていると友達に、「俺の父ちゃんブルートレインの運転手」と得意気に話してしまい、「本当か」と言われたと武典に話すと、「じゃ本物のブルートレイン見せてあげる」と本橋の父ちゃん、わんぱく坊主、五、六人と妹も引き連れて山手線に乗り、鉄道の街、田端機関区へ連れていった。

威風堂々、見上げる電気機関車、電車の車輌はぴかぴかに磨かれ、威圧感は子供達の想像をはるかに超えている。嬉しさのあまり車体に触る。

「どこから入ってきたんだ」と作業着を着た男性の怒り声がした。

少年達の憧れのブルートレイン！

浮かれて舞い上がって騒いでいた。わんぱく坊主達、怒鳴られて、一瞬にして縮み上がって下を向き、上目遣いに武典をさがすが本橋の父ちゃんはいない。

「すみませんね、家のガキの友達も連れてきて」と顔見知りの車輌係の人に頭を下げた。

「ああ本橋さん、ブルートレイン大変な人気なので、人が入ってきたんだ。あとで掃除しとくから」と笑って言ってくれた。

わんぱく坊主達、家に帰っても興奮冷めやらず。

〝ブルートレインに乗ったんだ、本橋の父ちゃんはすごいんだ〟と話したと聞いた。

十数年前の少年の記憶は永遠に残る想い出。武典の訃報を聞かされて母親に告げた。

「俺は、あの時、本橋の父ちゃんに、お礼を言ってなかったんだ。行って、ありがとうございましたと頭を下げてくる」

引っ越した鎌倉から飛んできた息子の友人。本物のブルートレインに触って、乗った少年時代の五感が蘇る手を強く握りしめ、渇いた涙を拭い、男のけじめを伝えにきた。

そして、はるみと家族に頭を下げ帰っていった。

宗源寺の門前にある交番のお巡りさん、不審人物が登場して寺から出ていった様子もなく、弔問に訪れるのは普通の人。

中学校の制服を着た生徒の列は、黙々と涙を拭いながら続く。

理解し難い葬儀を目の当たりにして思案した挙げ句に、武典の友人に小声で聞いてた。

交通事故で無過失の被害者なのに、何故、本さんは殺されたのだと憤りを胸にぐっと押し殺し、こらえて葬儀の手伝いをしている亡夫の友人にそっと尋ねた。

「亡くなった方は、どこのどなたですか」と。

「元国鉄の電気機関車の立派な運転手です」

その言葉を聞いたお巡りさん。安堵して、桜上水駅から数百人続く弔問に訪れる人々の整理をしてくれた。


そして一年後。

心の整理をつけなければと思い、亡き夫の遺品の中に入れておいたのに忘れていた葬儀の時の写真が出てきたので、はるみは開けてみた。

弔問に訪れてくれた人の多さに改めて驚かされて、次の写真を見て、身も心も凍るほどの衝撃が走った。

釘付けになった写真は訴えていた。〝俺は死にたくない〟と。

亡くなった時の顔が、葬祭場の係の男性の後ろポケットに撮れていた。

「そんなお父さんの顔、見たくない」と泣きくずれる娘。わかるけど、どうにかしなければと考えた挙げ句、家族四人の静かな別れをしようと宗源寺の住職にお願いした。お焚き上げをしていただき、武典の御霊を亡き父と母の元へ送った。

葬儀も無事に済ませることができたが、家族にとって、一番の不安な相続税。長女は未成年、次女は中学生でも税金を二十年間納税することで、一生懸命守ってきた世田谷区松原の自宅に住めると、家族一同安堵して高い利息を国に二十年間払うこととなった。

母、芳子も隣接するアパートに住み、実の兄弟達も、わがままな母を引き取るとは誰も言うことはなかったが、付属高校に入学した次女のＰＴＡの副会長となったはるみの生活は、一変して忙しくなり、若い人が集まる家となった。

どうにか、普通の生活を送れる頃、田端機関区でブルートレインに乗った息子の同級生の母親に街で会った。

「よかった、元気にしてる」と声をかけてくれた。

「今でも息子は、田端機関区に連れていってもらった時のことを楽しそうに話すの。あの頃、主人は船に乗っていて、海外に行っていて、一年に数回しか家に帰ってこないので、会話もなく、本橋君のお父さんに連れていってもらった時のことをとても嬉しかったらしく、話すの」

と深々と頭を下げて、お礼を言われた。

その時代、父親不在の家庭も多かった。だが日本経済を支え、単身赴任で長期出張の家庭では、娘が言うの、あらお父さん帰ってきたのと。

〝亭主、元気で留守がいい〟は流行語になった。それぞれ家の事情があり、考え方はいろいろあるものだと複雑な想いで聞いたので。

この話を息子に話すと、

「お袋、不思議な家だと思われてるのは我が家のことだって知らないんだ」と言われて、はるみは意識改革に目覚めたが、そう簡単に人の性格は変わらない。

天国にいる昭和生まれの家長さんに話しかけた。

〝お父さん、あの悪ガキだった？　あの子、家の庭でお餅つきの時、いつの間にか現れて人なつこくにこにこ笑って、あなたの側を離れず手伝っていたわね。今では、二人の父親になって、社長さん。下の娘さんは孫と同級生、運動会の昼食の時、やっと現れて、大きな身体をかがめてくりくりした瞳を上目づかいにはるみの顔を見て「本橋の母ちゃんに俺は頭が上がらないんだ」と奥さんに話し、皆で大声で笑った〟とはるみは仏壇に手を合わせて話し、くすりと笑った。

忙しく子育てしていた頃！　懐かしい想い出の中で忘れていたあの頃！

みんなで近所の子供の成長を見守り、子供達も覚えていた。そして街で会うと挨拶してくれる。今でも「元気」と。「元気でまた会いましょう」と答える。

はるみは数十年前、昭和三十八年頃、誰にも聞けず忙しくて忘れていた頭の片隅に、大きな存在感のある黒い影の話を、鉄道のことを良く知っている息子に聞いた。

はるみが高校を卒業して山本洋服店を手伝うことになっていた昭和三十八年の頃。学校の帰りに店に寄り、母親と一緒に田端機関区に出張販売の手伝いをした。

初めて入る広大な構内。ロビーで背広、コートをハンガーにかけて展示する。

大半のお客は乗務員が多い。客足が途絶えたので表に出てみた。

数十メートル先に大きな蒸気機関車。遠い後方にはＳＬ・Ｃ58、Ｄ51が並ぶ。鉄道マニアにとっては夢の光景。威風堂々のＳＬ・Ｃ62が目の前に止まっている。連結している客車の掃除が終わるのを待つために停車していた。

煙突から灰色の煙が立ち上り消えてゆく。

出発の合図の汽笛がピィーと高く鳴り、夜の闇を劈《つんざ》く。

ボーと灰色の煙は夜空へと低く広がる。シュワー、シュワー、シュ、シュ、シュー。

水蒸気が勢いよく地に振り撒かれ、湯気を吐く。白い湯気に包まれ、蒸気機関車は一瞬消えた。誘導係が動きだした列車に勢いをつけ、飛び乗る。

片腕を手すりにかけ体を預けて、グリーン色の小旗、赤旗を振りながら、ゆっくりと後方へと誘導してゆく。

ところどころに灯らすライトに照らされ、浮き上がるＳＬ・Ｃ62。

夜の視界の中、遠のいていった。

あたかも、アナログ映画のひとこま、ひとこまを見ているかのような光景。二本の線路上にいぶし銀の不思議な光は、点となり消えていった。

セーラー服の少女は頭の片隅に見えぬ影を追いやりすごしてきた日々、六十数年の歳月を経て点と線は繋がった。

〝結婚してください。俺が蒸気機関車を運転して、お前と子供を乗せて走りたい〟

大宮公園で夜の静寂《しじま》を蹴破り叫んだ。プロポーズの言葉。

武典は職場に来ると目にしていた蒸気機関車。

男の魂を心の根底からふつふつと奮い立たせる。黙して語ることのない存在感。

はるみに伝えようとしたのではないかと、それは叶わぬ男のロマン。蒸気機関車を運転することはできなかった。でも結婚して生まれた息子は電気機関車のことは詳しい。

日本国有鉄道から株式会社ＪＲとなり、電気機関士となった時の流れ。

「お袋が見た蒸気機関車はＣ62、日本一の田端機関区は昭和四十年頃まで上野駅から、日本各地へと発車するんだ。ちなみに松本零士氏の有名なアニメのスリーナインはＳＬ・Ｃ62をモデルとしたんだ。もうひとつ。お父さんがお召し列車で電気機関車助士として乗務したのは、ＥＦ80ブルートレイン、原宿駅から那須まで行ったんだ」と話は終わらない。

松本零士氏のイマジネーションは少年・少女の心に宿り、永遠に残る名作。

星空を走り宇宙へと飛んでいくスリーナイン。アニメをゆっくり見たことがないはるみ。

誰かと話したいと思った時、自然と天を仰ぐ。返事はいらない。

私らしい言葉を今、探しているの。私らしく生きられる、心揺さぶる魂の目覚め。

明日はまた、未知の訪れを、手繰り寄せたい。生きていると空に放したい。

何故か、その相手は、不思議な微笑を投げかけてくれたのは、スリーナインのメーテルだった。

伊豆の土地を購入したが故、相続税の対象になったリゾート地に対して、三年以内に建物を建てなければ、高い税金が課せられると聞き、やむを得ず、伊豆の建設業者に依頼して2DKの別荘を建てた。

長女が通っている、スキューバーダイビングの専門学校の卒業式に出席しているお母様に、「別荘ができたのに、忙しくてまだ行ってないの」と話したので、「行こうよ」と三人娘の同級生の母親が同行してくれることとなった。

伊豆高原駅からタクシーに乗り、伊豆大川の別荘に向かった。

タクシーに乗る時は雨が激しく降っていたため、海岸線を水しぶきを浴び道路を走る。

ふと窓に目を移すと、雨はやんだようだ。

月から海に垂直尾翼？　の月光がステージを作り、海に浮く。そのステージ上にはさざ波がゆったりと揺れている光景を目のあたりにして、四人共、釘付けとなり見入る。

高台に建てた別荘の窓からも、数十分消えることなく望めた。

そしてゆっくりと月光のステージは暗い森へと消えた。森から夜の山の稜線をたどれば、海が一望できるこの高台は武典が自分自身で建てたいと言っていた、終の住処！

となるはずだったので、地元の建築業者に依頼した。資金繰りは大変だったが、どうしても造らねばとはるみは無理をした。

何か不思議な夜の光景はファンタジック。そして今でも謎……。

〝メーテルが海からの道案内をしてくれた〟と思っている。

会社経営をしていると、人は高給取りと思っているが、小企業の名ばかりの女社長。長い付き合いの友人すら、社長とは知らない。名刺代わりに今まで撮った写真を渡すと笑顔で受け取り、後日会うと〝職場のデスクの上に置いてるの、なぜか癒されるの〟と言われることがある。素直に褒め言葉と受け止めているはるみ。友人、知人も多いが、会社の社長の中には誘惑してくることもある。未亡人狙いで有名な社長。

「私は今、相続税払っているので貧乏人、七十代になったら未亡人になるわ」と軽く受け流してきた人生。現在では自愛心の強い主婦が怖い。

「私の母が病気で週一回、実家に行かなければならないの。だから子供を預かって欲しいの」と言われ預かった。

「おばちゃん、お腹がすいちゃった」と台所で夕食を作っている私に話しかける。時計を見て「じゃあ一緒に食べる」と人の良いはるみは知っている。無下に家に帰りなさいとは言えないと、この娘は知っている。嘘をついたお母様を「おばあちゃんは、お仕事してるの」とぽつりと言って下を向く。涙が頬を伝う。羽を伸ばして帰ってきたお母様。

お父様が帰ってくると笑顔は消えることも、知らぬは亭主ばかり。誰も知らぬと思って、友人をも巻き込む。彼女流の言葉に、まんまと引き入れられた詐欺まがいの行為は許さないと思うが、真実を言えないで生活していると、いつの間にか、はるみが協力者となり誤解という言葉は風呂敷に包み噂は町に広がる。知らぬははるみと友人達。

友人と思っていた女に、詐欺に近い言動に引き回された。

人が良すぎるのよと他の友人に言われ、女の友達は恐ろしいと一緒に騙された友人と。「騙されてしまったけど、私達は人を騙すことはできないわ」と苦笑した。

三十数年前の出来事を、はるみは家族の誰にも話すことはなかったので、当時、内装業のアルバイトをしていた主人は知る由もなかった。

仕事先の、高尾山のふもとにある離れ小屋が点在する赤い屋根のモーテルは、朝早くから大盛況。ベッドタウンに建売住宅を購入した女性の家族。結婚当時は灯りが点いた我が家に帰り、温かい食事を囲んでいたのは遠い過去。

家庭を守るのはお前の役目と、夫婦での会話はないに等しい。今帰ると息子に勉強のことで叱っている。妻の顔が浮かんで、歩みはスローダウンして足は重い。息子の教育費と自宅のローン。正当なる理由は頭に入れて生活をしている妻は、女の人生は今だけと出勤前に寄り道をする。

我が家の主人は朝早く仕事に出かけたのに夜遅くに帰宅して、

「二時間以上待たされたので、次の仕事が遅れてしまった」

と主人はぼやく。山合いの木陰で見つからないように軽自動車を止め、仕事仲間と二人で人様の情事の時間を計りながら待たねばならない因果な仕事に、残業手当は出ない。

風呂上がりの遅い夕食の前にビールを飲みながら、主人はぽつりと呟いた。

「亭主は知っているのかな」と。

「知る訳ないでしょう」と思わず吹き出してしまったはるみの顔を見る。

「お前くらいの年かな」、木陰から見てしまった女性。「そう、四十代、五十代の主婦が一番怖いらしいわよ」と釘を刺したが、数年後お茶を飲みながら友人達に話すと、未亡人になったはるみが羨ましいと言いだす主婦がいて、皆、驚いて彼女の顔を見てしまうのだった。

・ひと握りの日本の妻が抱く現実の願望。見かけは普通の家庭。

庭の山野草に散水する。木々の間から太陽の光が照り返す。現れては消え、虹が弧を描く。時を忘れ、身体にかかるシャワーと戯れる。アパートに設置してある階段の横にキウイフルーツの木が植えてあり、大きく枝はつるを伸ばし、手の平ほどの葉に隠されて初めて実をつけたが見当たらない。グリーン色も色褪せた、プラスチックの衣装ケースの上に、ポトンと実は跳ねた。

五年以上前、自宅から自宅へ、夜の引っ越し騒動で何を入れたかも記憶にないのに。〝早く気付いてよ〟とまた、ポトンと音がして、キウイフルーツの実が落ちた。

戦前、父が中国の鉄道会社に勤めていたので家族七人は上海で生活していた。長姉、長兄、次兄は日本人学校に通っていたこともあり、引き揚げ後も長兄の幹雄は中国への想いが強い。警備会社を経営しており、ボランティアで日本の家庭で使用されていないピアノ十台を上海の学校に寄贈するため、調律師を連れてツアーを組んで行くことになったが、ツアー人数が足りないので、生まれてすぐに引き揚げてきたので、生まれ故郷を見たことがないはるみを誘った。

武典の三回忌も済ませ、子供達のあと押しもあり、参加することとなった。

五十年以上の歳月を経て飛行機が上海空港に近づいた時、雲海を押し上げ中国のシンボルタワーが突然、目の前に姿を現した。あたかも、諸外国から訪れる人々に強い中国をアピールするタワーだった。

タクシーでホテルへ向かう道路は大渋滞。発展途上の工事のため、国の土地が故、有無も言わさず立ち退かざるを得なくなり、家を失った者も多いとタクシーの運転手が話す。

昼夜問わず、赤土は大きく抉られ土埃が舞い、工事の騒音は続く。ビルの外装工事は長い竹で組まれ、撓《しな》りながら足場を器用に渡る元の職業は曲芸師かな？　と思う。

賄賂《ワイロ》が横行する中国。中国の偉人は国の広大な土地に賄賂で庭園を作り、観光地として海外のツアー客を募る。

賄賂を渡すことを頑と拒む兄の王道的判断。兄夫婦の私費でのボランティア。

日本の企業が、家庭で使用されないピアノを中国に送ろうとして船賃が足りず、数年間コンテナに入れたまま、ピアノは置かれているとニュースで見ていたので、偉大な計画を聞き、はるみは兄夫婦を誇らしく思っていた。日本から持参した日本製のエンジ色のチャイナドレスから、着物に袖を通してレストランに入ると〝さくら・さくら〟が二胡で演奏され唄う。北京大飯店（ホテル）で食事をすると、「シャルウィダンス」とハンガリーの紳士から誘われワルツを踊る。未亡人であることも着物の袖が綻《ほころ》んだことも気にせず、生まれ故郷で一夜のスターとなる。

でも私は、日本の大和撫子。生まれは中国。どちらもはるみの心のルーツ。

はるみはアパート管理をするため、自宅で不動産業を営んでいた。

不動産業界の新年会では、はるみは歴代、世田谷区長の写真を撮っていた。

不動産会社の社長さんが未亡人のはるみに笑顔で近寄り、小指を立て、フィリピンに女がいるんだと誇示する。

「一年に一回、フィリピンに行くのなら、社長さんが行かない時の彼女のお仕事は」

と言ってから続けて言ってしまった。

「社長さん、病気は」と。

不意打ちを喰らって社長、言葉が出ない。酒を飲みご機嫌な懇親会場。

一瞬気まずい雰囲気が広がる前に言った。

「十年後、糖尿病とか病気になったら、誰が看てくれるの？　奥様でしょう。今日から感謝を込めてありがとうと言うの」

一瞬にして酔いが冷めた社長さん。神妙な顔で頷く。

社長さんの威厳とプライドを保つように話して、一応気を使った言葉を、同伴で出席し聞いていた社長夫人と目くばせして仲良く歓談する。

懇親会も和やかにお開きになる頃、会場の司会者から「本橋さん」と声がかかる。二人の本橋社長が立ち上がる。

「あら！　ご夫婦と思ってたわ」と言われ、「残念、苗字が同じでも手を繋いだこともキスをしたこともないの。私は一人者だけど、不倫はしないの」と会場内の社長さんに聞こえるように宣言して笑いを誘う。

そして〝はるみちゃん〟と愛称で呼ばれる。自宅の箪笥に眠っていた着物を着て椅子の上に乗り、会場の一番後ろで壁に身体を預けて着物の裾を広げて立つ。百人以上の社長達の集合写真を撮り続けているので、数十年間、会報には、はるみは写っていない。


三年連続で、三人の子供達がイタリアンレストランで結婚式を挙げた。末娘の挙式には、はるみはブーケを手作りで作ろうと思い、花屋から、カサブランカほか、いろいろな花を注文したのだが、蕾のほうが多くて、とても挙式日までに花の開花は間に合わない。

苦肉の策で家中の暖房を昼夜入れて花を咲かせることとしたが、香しい花の香り！どころか、家の中は息苦しいほどの複雑な香り。そのうえ、買いすぎた花！

仕方なく花嫁候補を二人にしようと思ったので、花嫁は二度のブーケトスをすることとなった。

二つ目のブーケは空高く花は散って舞う。

夜なべで作った円形ベールのように、笑顔の輪が広がる結婚式となった。

親戚となった三家族のご両親に、はるみは提案した。これからはそれぞれ、ファーストネームで呼びましょうと。そのほうがいいわとすぐ賛成され、当然、孫達も「はるちゃん」と呼び、娘のママ友も「はるさん」と呼ぶ。この話を友人に話すと、

「いいわね、息子に子供ができたら、私もはるちゃんと呼ばせるわ」

「いいえ、私がはるみだから」

「あら、私も晴美よ」と、何十年来の友人の名前を知らなかった。

「はるみさん、今度行くから、〝いくら〟買っておいてね」と低い男の声、変声期を過ぎた中学生の孫の声を聞くと嬉しくて、めろめろなお婆ちゃんとなる。

〝結婚はしないより、した生き方を選択してもいい〟。

男と女の価値観の違いを知り、生い育って培われた性格は一生平行線なのだと感じて話し合えば良い。

〝子供はいないより授かれたらいい〟。

一人の人間を生み育てる現実は、とても大変なことだと受け止めなければと思うけど、幾多の試練を乗り越えて生きてきた私自身を成長させてくれたと思うから。

政府は計画出産を推奨しているが、生まれた子供の養育費は援助すると準備万端整えても、そうそう簡単なことではない。

生まれる子供の未来は？　決して明るいとは思えない。

結婚して、まわりの誹謗中傷に耐える日々を送っている知人の娘さん。「結婚して何年」「そろそろかな」と冗談交じりに言ってしまった。

数カ月後、スーパーで会って笑顔でその娘さんが話しだした。

「ありがとう！　妊娠して流産してしまったの」

突然の言葉に戸惑いあわてた。一瞬なんと言葉をかければと思うのに、娘さんの笑顔は自信を覗かせている。

「私、婚家先から、子供が産める嫁と認められたの」

何かが違うと思ったが、お節介おばさん、実は、心の片隅で子供の話は禁句と思っていたのだが、後悔転じて良しとなる。

数年後。娘さんに会い、「二人目が生まれるの」と大きなお腹をつき出して笑った。

〝どのママが優しいかと空のどこからか、まだ生まれぬベビーは探してる〟

男の子、女の子だろうと、できちゃった子と思うのはおこがましい。

十月十日の歳月を経て、皆から祝福される愛のある家族に自然にこぼれる笑顔を運んでくるのだから、授かり子と私は想う。


優しい笑顔で子育てなんてできないわ！

たくましくなったママは、籠一杯の食料を乗せたカートを押し、手に負えない、やんちゃ坊主を追いかけて店の奥へと消えた。


年に一回は海外ツアーへ行くと決めて、貯金をしている。

一度の人生、死ぬ場所は誰にもわからない。

貴女の命は二、三カ月と言われ、生きるためのルーレットは自分で回すと、頭の片隅に置いている命拾いした女。

旅行してその国を知り、写真を撮ってやっぱり日本が最高と思う。

我流でも、一瞬の光の陰影が織りなす様《さま》に心が震える。

カナダへ上の娘とツアーで行った時、トランジットはケネディ空港のはずだったが急遽変更となり、ラガーディア空港となった。

朝早くホテルから空港にバスは着いた。

バスの窓から、何故か空全体がピンク色に染まっているのに、車内に座っている乗客は誰も気付く様子がない。

搭乗した、カナダ行きの飛行機の窓側に座り、シャターを押し続けた。ハドソン川が虹色に染まる。いや、ニューヨークの空からオーロラが舞い降りているのに、幻影を見て撮ったのは私だけ。

虹以上の多彩色の粒子が天から降り注ぐ。得も言えぬ光景を写真で撮り、心に秘やかな躍動感がふつふつと芽ばえる。撮らせてくれたと。

金子みすゞの童謡詩集「星とたんぽぽ」のフレーズが浮かんできた。

昼のお星はめにみえぬ
見えぬけれどもあるんだよ
見えぬものでもあるんだよ

自然の中で透明な感性が言葉を生み、天に向かってささやいている。

六感を抱く女《ひと》だけに伝わるやさしい言葉。

オーロラはオーロラ圏以外でも、この地上に降り注いでいると。

テレビで天文学者？　宇宙飛行士？　の談話を何気なく聞いた。

嬉しくて、一人小躍りしてしまった。オーロラは見えぬけど見えるんだよ！『AURORA　IN　NY』の写真集を友人に渡すと、聞かれることがあった。

何故？　ニューヨークでオーロラが、と。でも、撮れたのよと答えてきた。

飛行機の窓がプリズムとなり、集約した一瞬が撮れたのかなと思うが。

ハドソン川に七色が輝き、はっきりと写し出されている。

オーロラはすぐに移動して視界から消えていくが、高度が上昇しても見えていた。現像した写真を角度を変えて見た。ハドソン川を上にして。『AURORA　IN　NY』の題名は決めた。

以前、代官山で息子と二人で〝親子写真展〟を開催した時も、写真の題名は記載しないと決めて、額の下には表示しなかった。

自己のこだわりかもしれないが、写真展に来てくれる人は千差万別、それぞれ想いの歓待で足が止まる。

観た人が感じる題名でいいと思う。

今まで生きてきた人生、世の常識とされてきた。見方、考え方が頭の片隅にインプットされている有名な画家が、遊び心を絵に残す。何世紀後かに誰かが見つけるだろうと、無心に絵筆を進めるロマン！

それほど大それたことではないが、真逆の発想をアイデンティティとすると、カメラの操作・アングルも変わることもなく、数秒後に物語が生まれるそんな写真を、その後、数枚撮ることがあった。

〝魅せられた信州〟の写真同好会の主宰者、赤澤好一郎氏によって、長野県松本のデパートで数回写真展が開催されて参加していた。

東京と長野豊科にスタジオを開設している、長野は撮り尽くした先生と仲間達、指導しないニューヨークで修行してきた。ダンディー赤澤先生は、皆に話す。

「写真は好きなように撮ったらいい」と笑う。

「だが、キャンバスは信州じゃない」と言われ、十一月末に一泊で信州へ連れていってくれた。

松本の近郊を回り写真を撮っていて、夕陽を見ていたが急に空気が変わったように思えたので、地元の蕎麦屋に入り聞いてみた。

「明日は雪が降りますね」と。何を言っているのかと、不機嫌な顔をはるみに向けて主人は言った。

「いいや、まだ雪は降らないよ」と。

翌朝、ホテルの窓のカーテンを開けると、中央アルプスは薄っすら雪化粧。

「本橋さんは不思議な女《ひと》ですね」

赤澤先生は驚きを笑いに変えて、「どこに行きたいの」と尋ねた。

幻想的に十一月の初雪は舞う。「美ヶ原高原へ連れていってくれますか」

美ヶ原高原の五合目あたりで撮影していた。山の上を見上げているはるみに先生はひと言、「これ以上は無理ですよ」と。「わかりました」と頷き、頂上を見上げてしまうその時、
松本市の地方紙の記者の男性が車を止めた。

「美ヶ原高原の頂上まで行ったのですが吹雪いて無理ですね」と話す。

降りしきる粉雪が舞い上がる中、夢中でシャッターを押している姿が新聞の一面に。

〝都会から美ヶ原高原へ写真を撮りに来た女性も初雪に驚いていました〟と記事には書かれていたが、はるみは確信していた。

白く可憐に田畑一面に咲く蕎麦の花。蕎麦粉を打っていたご主人の言うとおり、地元の町はまだ雪が降る気配は感じることがないが、山奥深くから枯風が初雪を運んでくると。

自然織り成す信州、広がる青空をキャンバスにして中央アルプス山脈を背に、白い雲を

引き連れて集まり、白鳥が羽を広げて、無の空間に飛び立つかのように、空模様は静かに流れていく。

陽に照らされた山々の風景の陰影は、刻一刻、色どりを変える。

紅葉する樹々の色は、絵筆で描いた油絵のように写真に映し出される。

一日にして、目の前を、秋景色、雪景色！　繰り広げて、美しの森の女神が静かに微笑んでくれたようだ。

霧氷を受け止めた名もなき樹、オーロラの写真を合体させ、『ＡＵＲＯＲＡ　ＩＮ　ＮＹ』（フォト＆エッセイ集）の表紙となった。

翌年、松本のデパートで写真展が開催された。会場に展示された仲間達の写真。

〝魅せられた信州〟、東京から来たよそ者？　だったはるみの今回出品した写真で、仲間入りとなったようだ。

写真展が松本の地元紙の一面に載った。

〝ニューヨークで撮った写真、デジタルカメラで画像を合体〟と、これからのカメラ業界はデジタルの時代と展覧会の時、ボランティアで地元の人々にカメラの使い方を教えていた〝恩師〟笑顔の陰に潜んでいた病魔を！　誰も知らなかった。

魅せられた信州の山奥にある赤澤村、美しの森の女神に抱かれて眠っている。

二〇〇七年六月末。

「リンパ癌で貴女の命は二、三カ月でしょう」と、新宿の総合病院の血液内科の医師により癌宣告を告げられた。

突然に突きつけられた〝死〟。

五月頃から、身体の変調を感じてはいたが、子供達に話すことなく普通の生活をしていた。六月初めに地元の開業医に行くと、「すぐに総合病院に行くように」と言われ、はるみは一人でこの病院に来た。

診察の順番を待つ間、つらくなり、長椅子を探して、うたた寝をするほどだるい！

普通の病気ではないかもと、頭の片隅ではよぎっていたのだが、癌とは！

告知され、病院を出た。

次回の日時を言われて、車寄せの脇に植えられた木に身体を寄せて、どのくらい佇んでいたかは記憶がないが。

はるみの影がアスファルトに徐々に長く尾を引くさまを、ぼんやり見ていた。

涙が頬を伝う。何度もハンカチで拭った。

身体中のリンパから得体のわからぬ液を涙として流そうとする本能が搾りだしたのだろうか。

涙は止まった。

生まれた人間は、いつの日か死を迎えることとなのだと。

多くの親族、知人、友人を送ってきて思う。

自分ではどうすることもできない現実を、頭の片隅に追いやってきた。

突然に死の宣告を受けたはるみは、何故か、生きなければという気負いも失せて冷静だったが、夕焼けに染めゆく空高く逝った親友のお純さんに、「私、生きるわ」と宣言した。

はるみの心の中で湧き上がる、「今生きている」証。

心の中のはるみを懐にぎゅっと抱きしめ、空を見上げ、呪文を唱えるかのように、

「大丈夫、私は死なないわ」と何度もつぶやいた。

自分では冷静だと思ったが、心の一歩を踏み出す時間だったのかもしれない。

駅へと歩きだし、止まって息子に携帯で伝えた。

慌てている様子が電話口から伝わってきたが、

「大丈夫、一人で帰れるから」

と言って、また歩きだした。

〝私は死ぬ〟、そう先生は確かに言った。青天の霹靂とは、まさにこのこと？

意外にはるみは冷静に頭の中で反復する。

「病状の流れを見るために、後日、ＭＲＩを受けてください」と言われ、病院を出た。

子供三人を出産した病棟は建て直され、高層ビルとなったこの病院。

親友のお純さんも五十代で癌のため亡くなった。

一年に一度、国鉄時代からの主人の先輩、後輩十数人が暮れになると新宿の居酒屋「竿灯」で集まり「雑徒の会」の忘年会は行われる。

奥様として参加しているのはお純さんとはるみ。

仕事を持つ三人の子供がいるキャリアウーマンの彼女も姑を看取った結婚後の環境も似ている、はるみがどんなに苦労したかを知っている。

物事の理解が早く感性が合ういい女。

ご主人は「雑徒の会」メンバーには妻の病状は誰にも話していなかったのだが、偶然、病院のロビーでお純さんが話しかけてきた。

キャリアウーマンだった女性の風貌は変わり、驚いたが、後日、お見舞いに息子と行った。

ベッドに横たわるお純さんが聞こえないくらいの声で「抱いて」と言う。

はるみは、瘦せ細った身体を優しく抱いた。

「ありがとう、とても温かいわ」と少女のような笑みを返してきた。

葬儀の時、棺に眠る彼女を見て、声を上げ号泣した。

癌宣告を受けたはるみ。

家で自分の死後のことを心配してうだうだと考えて、眠れぬ日々を送ることはできない。

息子はその後の診察、数回のＭＲＩ撮影の時には、はるみに付き添う。

自動車の中での二人の会話は最小限。結果を待つ患者を気遣う心の中では、家で待つ娘家族、はるみの兄弟姉妹は、皆、同様に心配してくれている。

家族がいること、今までの生きてきたはるみの人生の苦労が吹き飛び、感謝の気持ちが胸に込み上げ、ひと言しゃべると何を言い出すか自信がないので黙っていた。

診察が始まると、息子は医師の話を一言一句聞き漏らすまいと、パソコンを食い入るように見ている。

病状を説明する医師は、何度も頭をかしげる。

「リンパ節の中にあるブドウ状の腫瘍がある場合、九十九パーセントの確率で悪性ですが」と言葉は止まる。

死と向き合ったはるみは聞いた。

「結果が一番早く出る方法は」と。

「首の根元を切り、切開して一センチのリンパ節の中にあるブドウ状の腫瘍を摘出し、臨床検査をします」とはるみに伝えた。

「では、その方法で手術してください」と答えた。

入院するのかと思ったが、医師は言った。

「手術時間は三十分くらいなので、日帰りでいいです」と言われ、後日指定。

告知された二、三月の期限は迫っている。

残された時間は短いと覚悟して、手術台に寝て首を差し出し、目を瞑った。

「手術時間は三十分くらいですので部分麻酔で行います」と外科の医師が言っていたはずだが、一時間以上は過ぎているだろう。

「これかな？　いや違うなあ」と医師と看護師の会話は、はるみの耳元でリアルタイムで聞こえる。手術は手慣れている外科医のはずなのに、何故か悪戦苦闘しているようだ。

手術室の外の待ち合い室で、息子は不安気に腕時計を何十回と見ているだろう。

娘達と孫の顔が脳裏に去来《きょらい》する。

〝大丈夫よと手を振りたいけど、今は駄目なの〟と、妙なことを考える患者。

そして〝早く出てきてよ、リンパ君〟と思った時、「あった」と医師の声！　リアルタイムで聞こえていた医師の話し声。途中からその話し声も途絶えてしまい、不安が募るばかりのはるみの耳に！　手術室に流れるなんとも言えない雰囲気の静寂を破り、待っていた医師の声。「あった」と。

心の葛藤から解き放されたが、爽快な気分ではない。

医師は白いガーゼの上に数ミリの真紅のルビー色した球？　はるみの分身をシャーレに入れて見せたが、首の根元がつれて良く見えず身を起こしたが、医師はシャーレの蓋を閉めて言った。

「終わりましたのでお帰りください」と。

夏から始まる地獄の癌治療！　無罪放免となるか、臨床検査の結果を待つばかり。

時間オーバーして手術室から出てきた母親の顔を見て、息子は言葉が出ず、うん、うんと何度も頷き、安堵の表情を見せた。

夏頃に入院して癌治療を始めましょうと言われていたので、臨床検査の結果を最悪の覚悟をして、入院の準備をして、息子と診察室に入った。「良性でした」と医師は淡々と告げた。

あまりにも呆気ないひと言。

今までの医師としての経験上〝死への宣告〟は確固たる自信を持って患者に伝えたかもしれないが、配慮ある言葉を伝えて欲しいとはるみは思った。

一パーセントの生存確率が残されている患者が目の前にいるのだから。

「首から下は一センチのリンパ節に覆われているのですが」と言われて、パソコンの画像を「そうですね」と息子も食い入るように見ている。

同年代の二人が見ている。何故か怒りも薄れた。

天から地にたたき落とされそうになりながら、無事に生還した患者。

はるみは、診察室の白い壁に目を移し思った。高級宝石店に飾られているルビーより鮮やかな真紅色に輝いていた、シャーレにのせられていた、小さなはるみの分身。

私は生きているという証明の血の色だ。

ふっと我に返りはるみは思った。でもまだ病根はこの身体中に生きている。

リンパ節はいつの日か大きく育って、いつルーレットを回しだすかわからない。

一瞬、頭の中で言いようのない不安がよぎる。

「またこんな症状が身体に出たら」と聞くと、しばらく考えた挙げ句に誤診だと思われたくないのか、「もう来なくていい」と医師に見放された患者?

その日以来、その病院には行くことはなかったが。

数年後、その総合病院の副医院長と、明大前のレストランで毎年十二月二十三日に開催されている〝シャンソンを楽しむ会〟で偶然に出会った。

和やかな雰囲気の会で、気さくに笑顔で話されている副医院長は、誰からも慕われている穏やかな人格者とお見受けした。

股関節手術の権威者として有名でテレビに出演されたと話され、シャンソンを聞くシニアのクリスマスパーティに音楽好きの副院長は出席していた。

先生の元患者の方、はるみの知人達が集い、十数年続く和やかな会なのだから来ないと誘われて、初めて参加したはるみの席の前に副医院長が座られていた。

会の流れも落ち着いてきたので話しだした。

「実は、この病院でリンパ癌で二、三カ月の命と診断されましたが、良性でした」と言うと一瞬、驚きの表情を見せて医師の顔となり、はるみの顔をじっと見る。

「ちょっと待っていてください」と言い残し、はるみは自宅へ戻り写真集を持ってレストランへ向かい、椅子に座った。

二〇一〇年夏、『AURORA IN NY』(フォト&エッセイ集)を自費出版していた。

写真集にはるみの人生を履歴として記載し、リンパ癌で二、三カ月の命と告知されたと書いているページを一気に目を通し読んだ副医院長に、はるみは伝えた。

「未来ある医師の名前は書いてません、元患者から笑って渡されたと言ってください」と言うと、副医院長は深々とはるみに頭を下げた。

現在、誰しも耳にしている、お金が絡まない本来の日本語の忖度だったと思っている。

翌年〝シャンソンを楽しむ会〟で六十代で医院長となったと皆に報告した。

「暮れには、病院の医師と看護師と患者と第九を合唱するのだ」と。

嬉しそうにはるみに話した。

翌年、長く続いていた〝シャンソンを楽しむ会〟の和やかな会は終演となった。

都内の大病院の医院長とは会って話すことはなくなった。

数年後、未来の病院の構想《ビジョン》を描き、実践へ向かっていたであろう若きリーダーの医院長の無念の終焉を突然、東京大学医学部の同期の医師より「膵臓癌だったんだ」と聞かされ、言葉なく静かに天を仰ぎ、そして頭を垂れた。

「でも暮れの第九の合唱は誰かが続けるようだ」と話された。音楽を通した心を一年に一回、元医院長の功績は語りつがれてゆくだろうとはるみは思った。

日本の政治家の忖度は金が絡む、不思議なことに傷口の蓋をしてもつくろうことなく自分自身の心の中に二人の人格を芽ばえさせてしまった心の葛藤は顔に出る。

地団駄して心の奥深く押しやったとしても、傷口の糸は解《ほぐ》れて破れる（敗れる）。そして身の破滅を招く。傷口につける一番の特効薬は自分の心に問うことだろうと思うが。過去からの栄光が絡む頑固な見えぬ糸は、どんな名医に見せても無理だろうと思う。

テレビの心霊番組で、お寺の住職数人が対談していた。

この世の中で一番怖いのは〝生き仏〟、人間だと。

額に湿疹が出たので、地元の某皮膚科病院を受診すると、帯状疱疹と診断された。「すぐに入院して治療しないと失明します」と言われ、目黒区の高台にある大学病院へ急遽入院することとなった。

五階の特別室しかありませんと言われ、案内されたのは昔のアパートのワンルーム！木造のドア！　入って右側に鏡付きの洗面台とトイレ。当然、お風呂は室外の共同風呂。窓の手前の壁にクーラーが設置され、ベッドとプリペイドカード式のテレビ台が置かれ、たしかに一人部屋だが、ここが〝特別室〟。

はるみは考えた。

眼科の医師が有名で、患者は地方から来院すると聞いていたが、失明したら唯一楽しみにしている旅行に行けず、写真を撮りに行けなくなる。

病気を治すためと持ってきたバッグを開けた。

入院して三日目の丑三つ時。

深夜の廊下で、誰かが誰かと話している声が聞こえてきた。

続いて、高い笑い声もはっきりと聞こえてきた。

真夜中の深夜の出来事?

恐る恐る起きてドアの近くまで行き、耳を澄まして全神経を集中させたが、
何故か声は急に止んだのだ! ドアの外に人の気配は感じられない!

ドアを開け、声の主を確かめる度胸はない。

自宅にいる時、はるみはラジオ深夜便の放送で、クラシック、映画曲を聞きながら、洋服を縫っているので、寝ぼけるはずはないと思いながら、ベッドに横になり目を瞑る。

幻影は見ていないが、はっきり声を聞いてしまった。

頭は冴え渡るが、とりあえずぎゅっと目を瞑る。

朝、夜勤明けで病室に来た看護師に聞いてみた。

「夜中、見回りの時、患者さんと話していましたか」と。

「いいえ」と答え、体温計を手渡して出ていった。

想定内の返事を聞いて、深い溜息をついた。

治療の時、医師から言われた。

「目のほうは大丈夫ですが、もう少し様子を見ましょう」と。

入院する時、七日と言われたのに、あと何日かはこの特別室を退室することは無理な話と、ベッドに横になる。

まして、幽霊の声を聞いたので、大部屋へ移りたいと言ったら、〝急に本橋さんはご乱心か〟と思われ、奇異な目で見られてしまうだろう。

夢現《ゆめうつつ》、思い出した。

治療を受けエレベーターを降り、自室に戻るため歩きだして、廊下の真ん中ではるみの足は止まった。

丑三つ時、あの声を聞いた二日前!

童謡〝夕焼け小焼け〟の歌声が聞こえてきた。

重篤患者が入室している〝終いの部屋〟から開け放たれた部屋の中に、数人の家族が座っていた。皆、笑顔で。

窓のカーテンが少し開けられ、逆光で差し込む〝夕陽の光は一定《いちじょう》〟。

ベッドに横たわる老女らしき病人の手を握り、床を小さな足で打ちながら、身体を揺らし調子を取り、幼稚園児くらいの男の子が唄っている。

元気だった頃のおばあ様が歌って教えたのだろうか。

穢れなき澄んだかわいらしい声は、廊下へと流れてゆく。

〝おててつないで　みなかえろ〟

一緒に歌うことはできないが、おばあ様には聞こえている。

今日まで幾多の方のセレモニーに参列して、手を合わせてきたか。

天に召される愛する身内の方に。

心から寄り添い、崇高なる天使の声で送るセレモニーの扉を開けるかのような、素敵な光景を目の当たりにして、はるみはそっと目礼して歩きだした。

翌日の午後、はるみの心に印象深く刻み込まれた部屋を通りすぎながら、そっと！

いや覗き込んで見たベッドの上には、おばあ様は寝ていなかった。

日めくりのカレンダーをめくるように、重篤の患者が入れ替わるため、ベッドは整理整頓されていた。

そうだ、あの夜、丑三つ時。

孫の歌声で癒やされたおばあ様。

人生の終焉を迎える前、一番楽しかった時（時代）が脳裏に宿ると、はるみは思っている。

何故ならば、はるみの母芳子が、脳梗塞で病院に運び込まれ、付き添っている時、童女のような笑みで急に話しだした。

「姉さんがねぇ、嫁に行くの」と戦前、自分が娘の頃。

一番楽しかった時代を思い起こしていた光景を思い出したのだ。

ベッドの上でおばあ様は、冥土への土産！　歌をあの世の人々に唄っていたのだろうか。

その夜、丑三つ時。

寝ているはるみに、おばあ様は報告しにやってきた。

大きな土管から勢いよく流された水の音がザーッと、病室に響いた。

夢現《ゆめうつつ》。

〝何？　この水音〟と考えるより素早くベッドをおり、トイレのドアを開けてみた。

水が流れた気配は認められず。

便器を見つめて大きい溜息をつき、何故かほっとしてトイレの水を流してみる。

いや、こんな水の流れる音ではなかった。

ベッドにもぐり込み、目を瞑って思った。

一度だけ、寝姿を拝見してしまった。

おばあ様！　勢いよく流れる水で身を清めて、三途の川を渡りましたよと伝えにきたのかと思う。

ものは想いよう。あの世とこの世の橋渡し！

見える人生は一度だけ。自分では決められない。

生かされているはるみは、心の落としどころを決めないと、心の中で思い退院した。

二十数年前、主人が交通事故に遭い、瀕死の状態で病院のベッドに横たわっていて、手を擦っているはるみの耳元に、〝ぱぁーん〟と病室中に響く音がして、思わず仰け反り主人の顔の横に突っ伏した。

同室で父の最後の姿をただ見ている息子に、聞いたことがあった。

「そんな音、聞いてないよ」と答えた。

花屋に売られている枯れかかった花。

はるみは、蘇生させて数年以上咲かせて楽しんでいる。

日進月歩、明らかにされていく。

昔から語り継がれてきた、〝お岩さん〟は実在した女。

日本臨床皮膚科医会でも認める実話。帯状疱疹だったと証明されている。

着流し姿の美人。今の世だったら、ひと皮剥けたいい女。

疑似体験したはるみの額。薄れゆく水疱に薬を塗りながら、現代に生まれてよかったと思った。

肝も据わり、少しいい女になったはるみに、退院する前夜、丑三つ時、天国に行ったおばあ様、またまた土管から勢いよく水を流しにきた。

〝ここでの出来事、水に流しましょう〟

この病院での私の終の部屋はなくなるのと。

二〇一八年、特別室から富士山が一望できる大学病院は建設された。


三十数年前、自動車の車検を受ける時、武典が話した。「日本では三年ごとに車検を受けなければならないが、健康診断を受けない人がいる日本人の平均寿命が八十歳以上とは、日本人はすごい」と感心していたのだが、本人は、大病することなく、自動車事故で四十八歳で亡くなった。

一九一二年、はるみがアメリカにツアーで行った時、五月の熱射で三十五度以上の砂漠で、観光バスがエンストした。すると、運転手が言った。「アメリカでは車検は受けないので、バス、自動車が止まったら待つだけさ」と、三時間待たされた。

翌日、帰国のためにラスベガスを出発した観光バスは、ロスアンゼルス空港に行くハイウェーに入る為、滅多に無い信号を曲った時、観光バスのトランクからスーツケースがごろごろを音を立ててハイウェー入口近くに散乱した。

黒人運転手がバスからゆっくり降り、スーツケースをトランクに投げ入れる。後続車が信号待ちだったので事故にならず、私達ツアー客は助かったのだが、後の車の運転手は心得ている。「待った後ハイウェーを飛ばすだけさ」

空港でスーツケースを開けて確認した。

娘から頼まれて買ったインディアンロングブーツの中に入れていたカリフォルニアワインは無傷だった。

日本に無事帰国して飲むワインは最高に美味かった。


七十年以上、日々常識的な生活を送って来たのだが、食事に関して、私のような食事は非常識だと、専門の先生がテレビで話していた。今更、変えようのないこの身体!

生活してゆく毎日で支障は感じられないが、子供からのアドバイスは素直に受け入れることとして心得ている。

自ずから心の視野を狭める女性になりたくないといつの頃か想うようになった。

十二年前、余命三ケ月と宣告されたがリンパ君は目を醒まし遊ぶ気配は感じられないので良しと考えている。永久冬眠ではるみの身体に永久に住んでいるのだろう。

年に数回通っている眼科の女性医師は検眼して話す。「十年前と変らず、白内障、緑内障の心配はありません」

はるみの視力は裸眼で1・2！　現在の視力表示はA・B・Cとの事で七十五歳ではウルトラAかな？　ジョークを交じえて笑いながら医師に話した。

「嫁に来た時、母は嫁入り道具をさして用意してくれませんでした」

医師は笑顔で言った。「目を遺産として残してくれたのよ」と。

良きに付け悪きに付け、遺産・まして遺伝子は、生まれた時からはるみの身体にそして未来永劫、子孫へと受け継がれていくことは承知している。本橋家山本家とも視力は良好の部類となるのだが三人の子供のうち次女は中学校の授業のパソコン導入で視力は悪い。

「もう死ぬかと思った」と腫れあがった頬を押さえ涙をぬぐい歯医者から帰って来た子供達。

不要の長物！　親しらず抜歯の痛み！

はるみには解らぬ事実、四本根も歯もない！

長男・次女は四本！　長女は二本！　死ぬ程の痛みに耐えた次女曰く、「お母さんの遺伝子欲しかった」と天国に行った芳子さんに聞いても解らぬ話。

進化した身体で産んだとは思ってもいないだろうし、一昔前の人達も、親しらずを不要の長物とは誰も知らぬ！

六十代で初めて染めた髪の毛を見た友人が言う。

いつもの栗毛色がいいと。長女の頭の一部は金髪。

天然のメッシュ、生まれた時から一部分の皮膚の色はピンク。

高校生の時、長女は自毛証明を提出させられた。

友人達は、まだ流行《はやり》出さないころの天然メッシュヘアを羨ましいと話すが、学校の先生は疑う。

現代でも卒業式には黒い髪に染めるように生徒に伝える学校が存在していると聞き驚く。

変えることができない個性なのにと思う。

孫達も栗毛色「いい色ね、この色は染めることができないのよ」と頭をなでる美容師。

スポーツ発展に伴って日本の若い人の髪の色はカラフルでいい。

外国人のサポーターの髪の色、テレビで見ていてどこかで見たことがあると思った。

南の国に咲くオレンジカラー。

極楽鳥花は地植えでも我家の庭に今年も二輪の蕾をつけて、令和二年一月頃、凛として花が開く。

二〇一〇年、自費出版で二百冊、『AURORA IN NY』(フォト&エッセイ集)を出版社に依頼した。

依頼してできあがった写真集を見て、写真展での自分自身で感じた輝き(インスピレーション)がなぜか感じられず、写真選びに携わってくれた社長に話した。

「もう一度刷り直して欲しい」と。社長はしばらく考えて話しだした。

「返品として産業廃棄物業者に依頼するとお金がかかるので、本橋さんの友人に差し上げてください」

と、思ってもみない申し入れに驚いたが、喜んで受け入れることにした。

いろいろな、経験を体感しながら生きてきた。

普通? の女性とはちょっと違うかなと言われて、思えばそうなのかもしれない。ひと言で言えば試練を乗り越えてきたが、もっと大変な試練を抱えている人は、この世の中たくさん生活をしている。

写真集を都立病院の入院患者の方々に見て欲しいと思った。

〝イフ〟(もしかして)の期待感と裏腹に、ありえない対応に追われる日々が多かった。

いつの頃か、想うことがある。

どうにか〝イフ〟という想いを短い紐として繋いできた、今の私がいる。

もしかして、遠回りの道を模索しているかなと思いつつも、身動き取れずあがきながら、自然の流れに時を預けて紐の緩みを探す。

不器用な女、入院はしなかったが〝何故か死の淵を垣間見た〟はるみは思った。

幼い頃から病院生活を余儀なく送っている子供、いろいろな病気を抱えて入院している人。

もしかしてこの写真集のページを開いて病気が治ったら、海外へ行きたいとか四季ある日本を旅したいと思ったら、この本に小さく芽ばえる輝きはどんな幸福を運んでくるだろうかと思って社長の申し入れは、〝もしかして〟を考えていなかったはるみにとっては尚のこと嬉しかった。

図書館に寄贈することも考えたが、作者の想いを考えようとしない人に表紙のカバーだけを持っていかれたらと、直感が脳裏をよぎる。

カバーは本体と切り離せない。我が身の一片を剥がされるのと同じだと、図書館に寄贈することはやめた。

近年、本のカバーだけを返さない人がいると報道され、やはり心ない人がいるのだと思い、もしかしての判断で良かったと思った。

社長に提案した。

「御社と本橋はるみとの連名で公に出せる文書を作成してください」とお願いし、快く応じてくれたので、はるみの知人に数十冊渡し、母親が入所しているケア施設に家族が持っていってくれた。

所長さんから、お礼の言葉が届いた。

「昔、夫婦で海外旅行に行ったところの写真を見て、懐かしく思い出せたようで、大変喜んでいました」と。

写真集は自分の手元に数十冊を残し、都立病院に寄贈する百冊を分けて、はるみの人生に携わってくれた、友人、親戚、海外の友人達に送り、手紙や電話でお礼の伝言が舞い込んだ。

我流で二十年以上、写真を撮ってきた。自然に囲まれた中でシャッターを押す。一瞬の光の陰影を映し出す写真。現像して見ることが最大の喜びとなっている。目に焼きつく色彩に魅了され撮り続けてきた。

「はるみさんの写真を見てると、何故か心が癒やされるの！　職場のデスクに額に入れておいて、ときどき見るの」

最大の賛辞として素直に受けようとはるみは思っている。

東京都庁に電話をかけた。

「都立病院は何カ所あるのですか」と。

「八病院あります」

「病院に入院している患者さんに、私が自費出版した写真集、新本百冊を寄贈したいのですが、どうしたらいいのですか」と。

「各病院に行き、書類を書いてください」と素っ気ない返答があって電話は切られた。

やはり、平和な日本の都庁の職員、お役所仕事ねと残念に思った。


リンパ癌で、二、三カ月の命ですと癌告知を受けて三年。癌患者の生存率は五年と言われ、あと二年、入院も癌治療もしていないはるみは平静を保ちつつも、日々子供と孫の成長を見守り生活をしているが、家族が母親の体調をいつも気にかけているのは確かだった。

癌と死、今まで何人の親戚、友人を見送ってきただろうか。

そして思うことは、いつリンパ君達が、はるみの身体の中で宴会を繰り広げて、笑いながらルーレットを回し始めるかはどんな名医すらわかるはずがないだろう。

でも、もしかして、入院して癌治療を受けなかったことが良かったのか、いや、生かされている！　開き直って生きている。

東京都内、八病院を回ることは、自転車事故の腰椎圧迫骨折の後遺症が背中に残る身には大変なことと思うが、生きているうちに届けたい、百冊の写真集。

一度抜いた刃をそう易々と鞘に納めて、あきらめて終わりにしたくない。

皆の誠意があと押しして女の意地が目を醒ました。

二〇一〇年八月十一日。

百冊の写真集を寄贈するため、また、東京都庁へ電話をかけてみた。

都立病院経営企画本部財務課山本さん（仮名）に、見本を送るので見て欲しいと伝えていた日、石原東京都知事宛と書いた中に入れた手紙は全て開封とし、三冊の『AURORA IN NY』の写真集を送付した。

拝啓
酷暑の折り
突然のお便り致し申し訳ありません。
私事でありますが、自費出版にて写真集を作りました。御覧いただけるとおわかりのとおり、映画「陽のあたる坂道」の打ち合わせでないかと思われますが、無断で写真を掲載したことを、故、石原裕次郎氏に申し訳なく思っております。
身勝手なお願いですが、御夫人にこの本をお渡し戴ければ、私の心も安堵できることと思います。

別紙のとおり、カラーコーティングに違いを生じた本、百冊を都立病院の入院患者の方々に見て戴きたく、都庁に電話をかけて都立病院経営企画本部財務課の山本さんが対応してくれました。各病院を回り、書類を作成する必要があるとの回答を得ることができましたが、山本さんに見本を送り検討して戴くとのお話になり、一冊を同封しました。一括にて速やかな事務処理のご配慮をお願いできないかと、苦肉の策で申し訳ありません。

百冊の新本は都庁まで届けます。

お忙しい都知事様にお手を煩わせること申し訳ありません。

よろしくお願い申し上げます。

敬具

三枚の便箋に一気に筆を走らせ書いた。急に思いたってしたためた文章だった。

別封筒に作家・石原慎太郎氏に見ていただけたら幸福ですとも書いた。

八月十五日を過ぎた頃、山本さんから電話が入った。

「知事室に呼ばれ、手紙の内容確認のため、私も手紙を読みました」

「え、本当に知事が、本と手紙を見てくれたのですか」と少し声が裏返って聞いた。山本さんは冷静な声で問い返した。

「この本を出すのに、どなたかに相談しましたか」

「いいえ」と答えると、

「こちらで調べますので待っていてください」

電話を切ろうとしている山本さんに聞いた。

「山本さんのお名前を出してごめんなさい。経過報告上書かせていただきましたが、大変ご迷惑をかけてしまったのではないですか」

「いいえ、大丈夫です」との返事を聞き、はるみは少しほっとして頭を下げた。

「石坂洋次郎氏の奥様から渡されたあの写真、こちらで調べます」と言って電話は切られた。

東京都知事が一都民の手紙を読んでくれないだろうと思っていた。もしかしての期待感は初めから思っていなかった。受話器を置いて、頭《こうべ》を上げて、夕陽が色濃く染める西窓に視線を向けた。

知事室での光景が徐々に、はるみの脳裏からうっすらと輪郭をあらわしてきた。

石原知事が写真集のページをめくり、石坂洋次郎氏を囲んで、俳優石原裕次郎氏と女優芦川いづみ氏がなごやかな雰囲気の中、笑顔で撮れているあの白黒写真!

今は亡き、弟・裕次郎氏のはにかんだ笑顔。

肖像権は五十年。

石原知事はこのことを指摘したのだろう。

当然の指摘だと思う。代表取締役社長の肩書を名刺に書く身。

宅地建物業、宅建主任士の資格を取得するため、何年間も講習会に通って法律の勉強をしてきた。

肖像権五十年。

写真集に記載するために、はるみなりにいろいろ調べてみた。

存命後二年が頭に残るが、写真一枚に物語があると思っているはるみ。

作家石坂洋次郎氏の奥様が、高校最後の文化祭のために、奢ることなく一期一会の訪問を孫のように対応していただいた。半世紀以上を経て今なお振り返る想い出は、色あせることなくお礼として手渡した。

赤い薔薇一輪、想い出の誠意の価値としては、百本の赤い薔薇以上と思う。

あの世の奥様に聞いても「そんなこともありましたわね」と笑って言うだろう。

「何故、そんな小さなことにこだわるのかしら。私はとても忙しいの。そちらの世から毎日多くの人が、若くなってこの花畑を訪れてくるの。だから、花かんざしを頭に飾ってあげるの。過去の苦しい想い出を消すために」

心広き女《ひと》は花畑を駆け抜けていった。永遠に枯れない花を摘みに……。

一期一会で出逢う人々のために。


誰と対応してよいかわからないのが真実。調べる方法を模索していたが、時にとてつもない発想を生む。自問自答しながら苦笑してしまうが、はるみの心は何故か一時安らぐ。

〝こちらで調べますので待っていてください〟と言われ、東京都知事からの伝言《メッセージ》と思って待っていたが、錯綜する想いが頭の中をよぎる。

山本さんに連絡を入れた。

百冊寄贈すると提示しているにもかかわらず、何冊でもいいと言う。そして、庁舎内に図書室を作る案がありこれから準備するのでと言われ、反論した。

「以前お話ししたのですが、世田谷区の図書館に寄贈しなかったのは、カバーだけを持っていかれることを懸念したので、もし図書室ができるのであれば、家で年間購読で取ってあるナショナルジオグラフィックの新本があるので、その本を入れて百冊送ります」

と伝えると、「では十一月二十六日に届けて欲しい」と言った。

九十九冊の本を十一月二十五日に配送したが、着きましたの連絡はこなかった。

十一月二十五日に九十九冊の写真集とナショナルジオグラフィックを送ったのに、なんの連絡もはるみの元にこなかったので、数日後、山本さんに電話を入れた。

「送った本は着きましたか」と聞くと「写真集は着きました」と。

「九十九冊送ったので、前に渡した一冊を入れて百冊ですね」と問うと、「そうです、百冊です」と返事があった。

「ところで、山本さんの手元に以前送った本は、何冊あるの」

「二冊です」

「え、三冊送ったのでもう一冊は」と聞いた。

「知事室に置いてあります」と山本さんは言った。

「ええ」と絶句して言葉を飲み込んだ。

私の写真集が数カ月以上知事室に置かれている！

一瞬、頭の中は事の成り行きを把握して理解しなければと、心は千々に乱れて戸惑った。石原東京都知事が在職していた三年間、『AURORA IN NY』一冊が東京都庁知事室に置かれていたという実話だ。


しかし数年後、義兄の葬儀があり、亡き義兄の姪は都立病院に勤務する看護師なので話をすると、

「なんの話？　写真集！　都立病院に置かれてないわ」と言われ呆然としている。

はるみの顔を彼女はのぞき込みながら、はるみに告げた。

「私、常勤の看護師よ、勤めてる都立病院の中のことは全部知ってるわ」とはっきり言われ、ごもっともと、言葉なく頷く。違った意味の千々に乱れ飛ぶ頭の中！

通夜の帰りの自動車から見る東京の夜景は、ただ目の前を通りすぎる。

ツアー旅行でトルコへ行き、観光バスの窓から見上げた、カッパドキアに浮く色とりどりの気球に乗り、天高く舞い上がり三六〇度の視界に歓喜の声をあげ、涼風を受けて生きていると実感した気分は、一瞬にしてあえなく失速してしまった。

夕陽に照り返す淡いピンク色した雄大な奇岩の上に乗せられたような気分。

強風で立ち上がろうと手をついたが立ち上がれず、ゴツゴツした岩肌で手は痛いはずだが心の皮を剥がされた身体は硬直して助けを呼ぶ力も失せて手を振ることさえできず。怒りを通り越した虚無感が、徐々にはるみの身体中を支配してくる。

なんだったの！

都立病院の入院患者の誰かが写真集を見てくれているだろうと信じて、疑ってもいなかった数年。

「すごいねえ！　石原元東京都知事が見てくれたの」

と人は言うかもしれないが、違うのだ！

疑念の想いがはるみの頭の中で錯綜する。

開業医の病院にも寄贈していたので、しばらくぶりに行った待合室の棚に並べられた写真集を見つけ、手に取ると何故か分厚くなっていて、表紙は少し傷んでいたが、うれしかった。見てくれたのだと。誰かが診察を待つ時、ページをめくってくれた証拠！

百冊の新本が梱包されたまま東京都庁舎のどこかで眠っている。

都庁に勤務する職員だけが利用する図書室、だから、一冊でいいと言っていたのを思い出す。

石原都知事から受けてかは知らないが、事務処理の落としどころはこの広い都庁の空いている室、ドアの前に図書室と表示されれば職員にすれば、夏の暑い日、突然に降ってきた手紙の事務処理は一件落着として終了とされるのだろう。

数年後、都庁の内部のことが公になり、週三日くらいしか登庁しないと報道された石原東京都知事は訪れることはないだろう。

自費出版で写真集を国立図書館に一冊寄贈すると、すぐにナンバーが記載された礼状が、朱印を押されて出版した出版社に送られてきた。一冊でも！

東京都庁に送ったのは百冊。小さな誠意は巨大な東京都庁に行ったまま、行方知れず。


公益社団法人北沢法人会広報委員会の定例会が法人会館で行われた。

二月・三月号の表紙の写真を決めることとなり皆、沈黙タイムとなる。なぜならば、表紙の写真の規制があるためで、その規制とは世田谷区内で季節感のある風景、花、建物、人物像は後ろ姿で、行事に携わる人は顔が写ってよいとなり、数年はるみは広報委員として写真を撮ってはいるが、面白くない画像に辟易している。

せめて、東京都内に地域を広げて欲しいと話したが返事はない。

でも世田谷区側から写真を撮ってても背景は他市でいいのと何度か抗議したが、進展は望めない状態。変わり映えしない表紙をどうにかしたいと思って、自前の重い一眼レフを持って数時間撮るが、光、風、規制ある写真にナイスショットなど望めない。

豪徳寺の秋の紅葉を背景に三重の塔と指定されたので、下見に行った時。

四十代の着物愛好家グループの女性達に偶然に出会い、後ろ姿のモデルで数枚写した。

「もしかして、表紙として使わせていただいたら、写真を謝礼として送らせていただきます」

と住所を聞いて意気揚々と委員会へ持っていき見せて、一件落着となると思った。

「新年号としてちょうどいいんじゃない、後ろ向きで着物を着た女が写って」と女性委員が言ったので、

「そうなの、町田の女達《ひとたち》が庭園とかお寺めぐりをしてたの」

「町田市の女性？　じゃ駄目だ」

声がした。一瞬唖然となり、自分でも驚くほどの形相になったのだろうと思えるほどの抗議の眼で編集員を睨んだ。

理不尽な理由は委員数人で用意していた写真だった。

はるみの顔を見て慌てて取り繕うと彼は言った。

「来年にでもまた、考えるよ」と。

心の壁が頑なに閉じる耳には、またはないと思った。

参加している女性委員から「私も頼んで撮らせてもらった写真だったのに、表紙に出させてもらえなかった」と話す、意見交流の場でなければ〝時間の無駄〟と思い、引退しようかと頭をよぎるが、あとを引きずらない「本音と建前」を器用に使い分けることを良しとしない女社長、若手の社長さんの意見を聞きたくなる。

団体のボランティア活動！　されど私の頭の刺激薬となる。

若手社長さんがひと言、「先輩の意見が」と日本の政界？　と変わらず先に進めない忖度のない意見とＩＴ関係が打ち出した結果情報を聞きたい。

平成二十九年十二月夜。

北沢法人会館で広報委員会が開催され、委員長より思い入れで失礼しましたと謝辞があった。表紙の写真の議題となった。

今回は写真の用意はないようで沈黙が続いた。昨年の資料にはるみは目を通しており、自分でも思いがけない構想の提案だったのだが、気負いもなく自然に吐露した。

「来年は寒いので、雪が降るわ」と言いきった、「雪が降る中、世田谷線が走る写真が撮れるかも」と話してしまった。

十数人の広報委員の疑念の目が一斉に集中しているのを、下を向いているはるみは感じた。ゆっくり顔を上げると呆気に取られた顔で、女性委員からも厳しい声がした。

「まさかこの暖かい十二月で一月に雪が降る訳ないでしょう」

天気予測でも、大雪が降るとは報道されていなかったので、はるみは、好奇な目で見られても仕方ないと思ったのだが、ひと言付け加えた。「一月の〆切りまでに撮ってみるわ。雪が降れば夜中でも撮りに行くわ」と笑った。

これ以上言っても無理な、少し変わりものの本橋さん！　仲間達は誰しも思ったのだろう。予想どおり十二月年末の前日東京に雪は降ったが、小雪のため、写真を撮ることはやめた。

平成三十年一月二十二日。

自宅は少し坂になっている高台に建っており、三階建ての北のベランダを開けると三六〇度、見渡す限り一面、白い屋根が眼下にどこまでも広がる雪景色。

一月二十日大寒、誕生日のはるみにとっては、二日遅れの天から降り注ぐ誕生雪。

〝最高、明日まで降ってね〟と雪を両手に受け、深々と音もなく舞い散るぼたん雪に伝える。

このベランダから望む富士山、茜色の夕焼けに染まる富士山を撮ることが多い。はるみにとって最高の癒しのパワースポット。四季折々、自然に染められる木々の色を前景として撮る。羽田空港から飛び立つ飛行機は西の空へ。〝今日の富士山、真紅《まっか》に染まり綺麗だよ〟と独り言を口に出しても誰にも咎められない。

時には、普通の一眼レフで日食に挑戦！

「だめだよ！　目を悪くしてしまうよ」

と隣に住む息子から声がかかる。

雲は頭上を横に流れるものだろうが、垂直に天から降りたのではないだろうかと思わせる地震雲？　小一時間、西の空に微動だにせず立っていた。

不可思議な雲を見ると、一週間後から十日後。

世界中どこかで地震のニュースが流れる。

旅行して、日本に限らずどこの国でも天変地異、地震国が多いと知らされた。

突然、身に降りかかるかわからない。いつ何時、誰にも知らされない休火山が、なんの前触れもなく噴煙を上げ、犠牲者が出る。自然界からの脅威！

一月二十三日、テレビでニュースが流れている。

「不急な用事以外、外出は控えてください。東京の積雪は四年前降った積雪以上になるでしょう」と。不急の外出ではなく、あえてはるみは計画性を計って夕方四時に出かけようと心に決めていた。

写真を撮るためのシチュエーションは、自然からもたらされる。太陽の陰影だったり、夕陽の濃度だったり。今夜は雪の降りしきる中走る世田谷線のライト！　めったにお目にかかれない気象状況！

イマジネーションは頭の中を駆け巡る。二十数年以上、写真を撮ってきた安い海外ツアー。でも自分で時間設定などできず、納得いかなくても初めて見る行き当たりばったり、着いた場所でシャッターを押してきた。

オーロラの写真を撮るためにフィンランドへ行ったことがあり、寒さ対策は準備万端整えて、雪国でカメラを暖める必需品のカイロを、ダウンコートの下に何枚も貼った。

雪道で転ぶことを想定して、一眼レフカメラを諦めデジタルカメラを胸にぶら下げ、家を出た。走る電車を撮ることができるカメラではないが。

もしかして撮れるだろうと思う期待感で、寒さは感じないし何故か心地よい。

下高井戸駅へとなだらかな坂を登る。帰宅を急ぐ人とすれ違うほか、誰も歩いていない。

結婚して五十年以上、見慣れた風景は一変している。街路灯に照らされ、ふわり、ふわり音もなくはるみの身体に纏《まと》わりついてぼたん雪は舞う。横から斜めから。

優しい雪は見上げる頬を撫でる。

世田谷線が、雪に埋もれた線路の上を前照灯の明かりで淡いオレンジ色となり、音もなく舞台に登場してきた。ゆっくりとゆっくりと、丸いぼたん雪は、ときどきハート形となり舞い落ちる。

夢、現。

一生に一度、あるかないかの誘《いざな》われた自然界とのめぐり逢い。

世田谷線は二両編成の車輌で下高井戸駅から三軒茶屋駅を折り返し、私立校の制服を着た学生達の足となっている。線路の脇には濃紫色しただいこん花が風に揺れ、近隣の人があじさいの花を置き、育てているのどかな閑静な住宅地。

世田谷線の車体色は、濃いグリーン、濃いブルー、黄色とカラフルで鉄道マニアの愛好家も多い。

小田急線と世田谷線が交差する沿線には、豪徳寺があるため、ご当地キャラとして描かれているデザインされた猫の顔がかわいいがちょっと寒そう。

降りしきる雪に埋もれ、赤いテールライトが遠ざかる終点・下高井戸駅へと、あずき色とベージュ色のツートンカラーの車輌が、雪に埋もれて線路なきなだらかな坂を上ってくる。ゆっくり、ゆっくり巻き上げたぼたん雪は目の前で形を変え、ハート形となり舞い降りる。

幻想的な情景が繰り広げられる。

地元の世田谷区松沢小学校へ通う生徒達。このツートンカラーの世田谷線を見ると〝何か、ラッキーなことがあるよ〟と話していると聞いた。

天気予報どおり降雪は激しさを増してきた。

写真を撮ることに夢中になり、買物をしなければと世田谷線のホームの隣を走る。

目の前に広がるレトロな昭和の風情を想わす京王線の踏切で電車を待っていて夜空を見上げると、古いブロック作りの商店街のアーケード。

一瞬、映画のワンシーンが出現したかのような、ノスタルジックな風景。

ここはどこ、とはるみの呼吸と時は止まった。凍る素手で一回だけシャッターを押した。

警報音は止まり我に返り、慌てて踏切を渡った。

もちろん、論より証拠の、雪の精から送られてきたハートのぼたん雪は撮れていた。

手渡す写真を見て、笑顔を浮かべ、「本当に撮ったのね」と言葉をかけてくれた広報委員の仲間達。満場一致で二〇一八年二月・三月号北沢法人会の広報誌の表紙となった。

写真を地元の商店、知人に手渡すと無言で魅入り、「この風景どこ」と聞かれるので。

「私が半世紀住んでる、どこで逢っても知人達と挨拶して、笑顔が返ってくる街よ」と答える。

自宅へ帰ろうと、区役所通りの信号を左へ曲がって国士舘大学前の通りへと坂道を下ると、はるみの視界三メートルくらい先を、ボールがころころと車道の左車線の真ん中を転がって行くのが見えた。

ふっと見ると自転車にまたがって横断歩道の信号が変わるのを待っていた小学生の姉と弟がボールの行方を追っていた。

自転車から降りそうだ。はるみは乗っていた自転車をガードレールになぎ倒して大声で二人に言った。

「動かないで」

車道を見ると、転げて行ったボールは、五メートルくらい先の中央ライン上に止まっている。自動車が来てないのを確認しながら小走りでボールを拾い、横断歩道手前で待つお姉さんの自転車のかごにボールを押し入れて、ジャケットをかぶせた。「また飛び出してしまうかも」と話していると、お父さんが自転車で坂を下って来た。娘さんが、「ボールを拾ってくれたの」と話し父親が礼を言った。

別れる際、はるみは言ってしまった。「また、会いましょう」と。

娘さん、いや、ボールに聞きたかった。

平坦な公道の横断歩道でのことなのだが、はるみがボールを拾い上げた時、落としそうになり慌てて持ち変えた。そしてふと思った。なぜ道路の中央白いライン上に鎮座していたのか、ボールは左車線の真ん中を転がったはずなのに。数分間のミステリー。


一九六四年十月十日、東京オリンピックの開会式が行われた。大宮の自宅にはテレビがないので、長姉あけみ家族の住む目黒の自宅で観戦する事になり、料理上手なあけみ姉さんが作るご馳走に舌鼓みをうつ。

家族皆が笑顔でテレビに釘付けになり見入った。家族団欒を懐かしく想い出す。

はるみ二十才の秋。

日本中に広がる青空、飛行戦隊ブルーインパルスが描く五輪マークは高く、高く上昇してゆく。

日本中心に宿した日本未来へのスタートライン。

日頃意識したことがない日本人の誇りが、言葉で表現することなく胸元から湧き上がる。

その後、はるみはスバルサンバーのラジオの音量をあげて、選挙の成果を聞いて興奮して大声で応援した。

アナウンサーの実況中継の声が、テレビがない世界中に滞在している日本人に届けと熱戦の状況を熱く伝えていた。

東京オリンピック、パラリンピックを翌年に控えた二〇一九年。夏は酷暑となり辟易する熱さが続いた。夜になっても秋の気配はなく気温が下らない。

大型台風が次から次へと来て、一級河川が決壊して氾濫した。百年に一度の風雨が日本の大地を襲う。多くの犠牲者が家を失い家族をも失う惨状がテレビで映し出される。

夕方同居している孫、十才の稜馬と二人で、画面が変わり来年開催されるパラリンピック選手候補の練習風景を観ていると、

「はるちゃん、この選手の人達生まれた時から?」と聞く。

「うん、そういう人とか交通事故・病気とかで身体の一部を失っても、スポーツで頑張っているんだね。稜馬もいつかどこかで事故にあうかも解らないので気をつけてね」と話すと、一瞬稜馬の表情が蔭って下を向いた〝もしかして僕も〟と。

はるみはなにが起こるか解らない現実を話したと言葉を飲み込んだ。

想定内の〝つなみ〟は静かに訪れ引いてゆくが、想定外の〝つなみ〟は脅威を示し、為す術もない人々の親子の手(絆)をも引き裂く悲惨な現状!

生きるための知恵は、逃げるが勝ち、明日への道へ。

思わず目と耳を覆いたくなる惨状！　理不尽な世の中、罪なき人が巻き込まれる突然の死！　はるみも思ってる、〝いつ私も〟と。

日々、心苦しい事を考えるのは辛い。

世界中で警告しなければと訴ったえる人々。

環境問題と人間としてのモラル。

稜馬が成長して行く未来。

誰が子供達に納得した過去の説明をしてくれるのだろう。

十才の稜馬は言う。

僕は本当の事（意味）を知りたいので開いている。

今のはるちゃんが伝える事ができるのは。

世界の子供達に伝えたい。

生まれた時は皆平等に裸の王様。

一点の曇りなき瞳で笑えみ返された幸福を感じ、あどけなさを持つ君には秘めたる魂の原石がある。

自分でも驚く程の可能性は、皆平等に育ち、もう一人の自分を生み生きてゆく挑戦。

四年に一度のオリンピック、パラリンピック。
金・銀・銅のメダルを胸に掲げられるのは三人。
パラリンピックの選手に渡したい。
自分の限界を乗り越えた選手、
補助装具を作ってくれた技工士、
見守り続けてくれた家族、
三位一体で勝利した〝いぶし銀のメダル！〟

数秒の僅差（紙一重）で敗れた選手に白いメダル！
色を塗り手繰《タグ》って空に飛ばせば、
虹の架け橋となり、
未来の希望へとつながるだろう。

了

この物語は、実体験を元に書かれた私小説、ヒューマンヒストリーです。

著者プロフィール

本橋 はるみ（もとはし はるみ）

1944年1月20日生まれ、東京都在住。
東京成徳学園卒業。
有限会社華多岐代表取締役社長。
著書に『AURORA IN NY』がある。

Harumi's History

2020年7月15日　初版第1刷発行

著　者　本橋 はるみ
発行者　瓜谷 綱延
発行所　株式会社文芸社
〒160-0022　東京都新宿区新宿1－10－1
電話　03-5369-3060（代表）
03-5369-2299（販売）

印刷所　株式会社フクイン

ISBN978-4-286-20900-5